张宇小传

1952年生于河南洛宁县大阳村。高中毕业后当过工人、县广播站编辑、文化局创作员。1984年任洛阳地区文联主席,兼任中共洛宁县委副书记。1986年初任三门峡市文联主席,年底调入河南省文联,成为专业作家。

历任河南省青联副主席、《莽原》杂志主编、河南省作家协会副主席。2001年当选为河南省作家协会主席。2004年兼任河南建业集团副总裁、建业足球俱乐部董事长。

1979年11月在《长江文艺》发表小说处女作《土地的主人》,从此走上文坛,《红旗》杂志评价此作品为"中国改革开放以来代表了农民对土地愿望的第一篇小说"。

著有长篇小说《晒太阳》《疼痛与抚摸》《软弱》《流水落花——重说潘金莲》《检察长》《足球门》《呼吸》,长篇散文《对不起,南极》,电影电视剧本《黑槐树》《乡村情感》《幸福院》。出版中短篇小说集《张宇小说选》《中国当代作家选集·张宇卷》《苦吻》《活鬼》《城市逍遥》等,散文集《南街村话语》《张宇散文》《推出众妙之门》等,书法集《信球》,以及《张宇文集》7卷本。

作品获得中国作家协会庄重文文学奖、河南省政府奖、人民文学出版社长篇小说优秀作品奖、人民文学杂志社小说奖、小说月报百花奖、电视剧飞天奖等十余种文学奖项,被评为"中国小说家50强"之一。

长篇小说《疼痛与抚摸》《软弱》《呼吸》以及部分中短篇小说被译为英国、法国、德国、日本、俄国、西班牙、以色列、越南等多国语言,在海外出版。

百年中篇小说名家经典

BAINIAN ZHONGPIAN XIAOSHUO MINGJIA JINGDIAN

张宇 著

总主编 何向阳
本册主编 何向阳

没有孤独
MEI YOU GU DU

河南文艺出版社
·郑州·

一种文体
与一百年的民族记忆

何向阳 （丛书总主编）

自 20 世纪初,确切地说,自 1918 年 4 月以鲁迅《狂人日记》为标志的第一部白话小说的诞生伊始,新文学迄今已走过了百年的历史。百年的历史相对于古老的中国而言算不上悠久,但 20 世纪初到 21 世纪初这个一百年的文化思想的变化却是翻天覆地的,而记载这翻天覆地之巨变的,文学功莫大焉。作为一个民族的情感、思想、心灵的记录,从小处说起的小说,可能比之任何别的文体,或者其他样式的主观叙述与历史追忆,都更真切真实。将这一百年的经典小说挑选出来,放在一起,或可看到一个民族的心性的发展,而那可能被时间与事件遮盖的深层的民族心灵的密码,在这样一种系统的阅读中,也会清晰地得到揭示。

所需的仍是那份耐心。如鲁迅在近百年前对阿Q的抽丝剥茧,萧红对生死场的深观内视,这样的作家的耐心,成就了我们今天的回顾与判断,使我们——作为这一古老民族的每一个个体,都能找到那个线头,并警觉于我们的某种性格缺陷,同时也不忘我们的辉煌的来路和伟大的祖先。

来路是如此重要,以至小说除了是个人技艺的展示之外,更大一部分是它对社会人众的灵魂的素描,如果没有鲁迅,仍在阿Q精神中生活也不同程度带有阿Q相的我们,可能会失去或推迟认识自己的另一面的机会,当然,如果没有鲁迅之后的一代代作家对人的观察和省思,我们生活其中而不自知的日子也许更少苦恼但终是离麻木更近,是这些作家把先知的写下来给我们看,提示我们这是一种人生,但也还有另一种人生,不一样的,可以去尝试,可以去追寻,这是小说更重要的功能,是文学家个人通过文字传达、建构并最终必然参与到的民族思想再造的部分。

我们从这优秀者中先选取百位。他们的目光是不同的,但都是独特的。一百年,一百位作家,每位作家出版一部代表作品。百人百部百年,是今天的我们对于百年前开始的新文化运动的一份特别的纪念。

而之所以选取中篇小说这样一种文体,也是出于这个原因。

中篇小说,只是一种称谓,其篇幅介于长篇小说和短篇小说之间,长篇的体积更大,短篇好似又不足以支撑,而介于两者之间的中篇小说兼具长篇的社会学容量与短篇的技艺表达,虽然这种文体的命名只是在20世纪的七八十年代才明确出现,但三四十年间发展迅速,其中的优秀作品在不同时期或年份涵盖长、短篇而代表了小说甚至文学的高峰,比如路遥的《人生》、张承志的《北方的河》、莫言的《透明的红萝卜》、韩少功的《爸爸爸》、王安忆的《小鲍庄》、铁凝的《永远有多远》等等,不胜枚举。我曾在一篇言及年度小说的序文中讲到一个观点,小说是留给后来者的"考古学",

它面对的不是土层和古物,但发掘的工作更加艰巨,因为它面对的是一个民族的精神最深层的奥秘,作家这个田野考察者,交给我们的他的个人的报告,不啻是一份份关于民族心灵潜行的记录,而有一天,把这些"报告"收集起来的我们会发现,它是一份长长的报告,在报告的封面上应写着"一个民族的精神考古"。

一百年在人类历史上不过白驹过隙,何况是刚刚挣得名分的中篇小说文体——国际通用的是小说只有长、短篇之分,并无中篇的命名,而新文化运动伊始直至70年代早期,中篇小说的概念一直未得到强化,需要说明的是,这给我们今天的编选带来了困难,所以在新文学的现代部分以及当代部分的前半段,我们选取了篇幅较短篇稍长又不足长篇的小说,譬如鲁迅的《祝福》《孤独者》,它们的篇幅长度虽不及《阿Q正传》,但较之鲁迅自己的其他小说已是长的了。其他的现代时期作家的小说选取同理。所以在编选中我也曾想,命名"中篇小说名家经典"是否足以囊括,或者不如叫作"百年百人百部小说",但如此称谓又是对短篇小说的掩埋和对长篇小说的漠视,还是点出

"中篇"为好。命名之事,本是予实之名,世间之事,也是先有实后有名,文学亦然。较之它所提供的人性含量而言,对之命名得是否妥帖则已显得不那么重要了。

值此新文化运动一百年之际,向这一百年来通过文学的表达探索民族深层精神的中国作家们致敬。因有你们的记述,这一百年留下的痕迹会有所不同。

感谢河南文艺出版社,感谢编辑们的敬业和坚持。在出版业不免受利益驱动的今天,他们的眼光和气魄有所不同。

2017 年 5 月 29 日　郑州

目录

001
没有孤独

071
乡村情感

133
枯树的诞生

207
生存的？存在的！
——张宇中篇小说"叙事"
何向阳

没有秘密

一

世界上从事癌症研究的人尽管成千上万，却没有什么大的发展。对于癌症的治疗基本上还停留在手术切除、电疗和激光照射这三类上，其实这三类疗法在本质上没有什么区别，全部以杀伤癌细胞为主，可以通称为杀伤疗法。

杀伤疗法野蛮和盲目，宁可错杀三千不可放过一个，这就使治疗在杀伤癌细胞的同时，杀伤了更多的正常细胞。结果有的患者幸运，在杀伤癌细胞以后还能撑着虚弱的身子挣扎几年再死。这些幸运者之所以活不长久，是因为他们在接受杀伤癌细胞时已经伤了根本和元气。另一种患者杀着杀着被直接杀死在医院里，这样从某种角度说，医生在治疗的过程中又成了癌细胞的帮凶，使患者梦想逃出虎口时又跳进狼窝。唯一的区别是，被癌细胞杀死是消极的，而被医生杀死是积极的。这样前者可以说是自杀，后者就是他杀。在消极和积极、自杀和他杀之中，便可怜地挤出来一丝患者对于生存的希望。这种希望实际是一种恐怖，在死神追踪下狼狈逃窜的恐怖。从这个角度上看，在死亡面前，人性永远是软弱的。由于软弱才显得可爱。虽然这么说残酷了一点点。

我们的科学研究早就证明，人的生命是由无数个正常细胞组成的，正常细胞是人体的创造者和卫士，正是由于它们一代又一代前赴后继的牺牲和奋斗，推动着生命向前发展。而在这个生命发展过程中，正常细胞最凶恶的敌人就是癌细胞。既然有正常细胞，为什么还要有癌细胞呢？也许这就是生命之谜。因为我们把细胞分为两类，并且赋予它们正义和邪恶的属性，全是站在人体的立场上。如果换一个角度，站在上帝的立场上，还会这么看吗？

但有一点是肯定的，无论我们还是上帝，都明白这两类细胞不能共存，永远敌对。不同的是，上帝也许有意把这两类细胞放在一起，像观看斗鸡一样，观看生命的游戏。而这游戏对人体来说，却是残酷的战争。人体又为细胞之战提供了广阔的战场。一想到人体不过是上帝进行生命游戏的载体，真让人难受。仔细追踪这里边的深意，就可以看出上帝的险恶用心。上帝是否为了保护自己的安全，才挑起了一场又一场生命与生命之间的斗争呢？

无论正常细胞还是癌细胞，它们都是由细胞核、细胞质、细胞膜三部分组成的椭圆形生命体。而这两类细胞在相遇时同时改变形状，把自己的椭圆形生命体变化成碟状。这时候它们的生命体就变成了武器，武器就是生命，生命就是武器。就像人把脑袋当武器去攻击敌人一样，越发显得伟大和悲壮。

它们先是迅速贴在一起，在贴在一起的同时，拼尽全部力量扩大自己再扩大自己。这实际上是在比大小，比谁能超过对方的规模。于是超出的那部分身体一点点卷回和收缩，先把对方像包饺子一样包在自己之中，然后用力拼命收紧自己，使对方在自己体内由于停止呼吸而死亡。然后再长喘一口气，一点点把对方消化掉，使对方成为自己的一部分。

这场细胞之战的另一个特点是，它们永远一个对一个，决不以多胜少。而正常细胞在这场战争中永远是前赴后继，一个接一个勇往直前，永远没有退缩、逃跑和背叛。从这里又把个体的细胞和由细胞组成的人体从质上区别开来，形成了个性自觉和集体无意识的鲜明对比。自觉的个性汇集起来便组成了无意识的共性，这大概就是人的思想的源头吧。

细胞之战通常有三种结局，要么正常细胞吃掉癌细胞，要么癌细胞吃掉正常细胞，要么同归于尽。这就使我们想到，我们身体内其实是经常出现癌细胞的，只要一出现就被正常细胞前赴后继的斗争消灭了。而上了年纪容易患癌症，并不是别的因素，是因为正常细胞的生命力减弱了。

这时候我们就该说，全世界对于癌症的研究一直以杀伤为主的方向全错了。正确的方向应该是给正常的细胞加大营养，增强正常细胞的生命活力，最好再给正常细胞制造一种武器，帮助它战胜癌细胞这凶恶的敌人。

讲出这番道理的鲁杰先生制造过一种药叫"营养一号"，就属于这种疗法。这种药早年曾在市场上销售过，后来由于鲁杰先生死了就失传了。这种药用四种中草药合成，一边给正常细胞加大营养，一边又帮助正常细胞的外围产生一种透明的胶体，这胶体又光滑又坚硬，等于保护正常细胞，给了它一面盾牌。当年在癌症多发区的洛宁县，不少患者服用此药效果极佳。因为明显地延续生命增强了体质，患者们亲切地叫它"死不了"。可惜鲁杰先生不让此药批量生产，他一再强调这种药是雕虫小技，对于癌细胞只是欺骗和蒙混，并不能根治。服用这种药，只能使患者多活几年，并不能把患者从死亡的路上拖回来。他并且说，我年纪太大，已经没有能力从事研究，造这种药品仅仅为了说明道理，给全世界的癌症研究拨正一下方向。

记得一九八〇年，鲁先生已经七十岁，刚参加革命工作在洛宁县防疫站当工人。才把农村户口转成城镇户口，差不多就走到了生命的尽头，又要交粮本了。他像一盏耗尽油的灯就要熄灭，不可能再进行辉煌的燃烧，放射出灿烂的光芒了。

那时候他常常拄着手杖坐在院中间花池的水泥台上，说话时总闭上眼耷拉着脑袋，枯瘦枯瘦，让人想到山里关上门扇的老屋。偶尔睁开眼望望你，他看你时眼里没有一点光亮，使你想到人还活着时这双眼睛已经死多时了。

他死后这许多年我一直在想着他，他闭上眼的神态总是不死不活浮现在眼前，这时候对于他的回忆就像雪片一样漫天飞舞。我了解他，并不理解他。他为什么能这么活一辈子，在我心里一直是个谜。现在我想凭借对于他的回忆的追踪，依靠回想的折光来照亮，逐渐地一点点观看他内心深处的风景。

二

有时候想想，鲁杰这辈子活活像推磨，抱着老磨杆从他的出生地洛宁县鲁家洼出发，从乡村到城市，从中国到外国，走遍了大半个世界，明明是往前走，却一步一步又走回来，回到了洛宁山乡。从这里出发又回到这里，正好画了一个圆圈儿。虽然回到了出发地，但他毕竟在这个世界上摆下了一条长长的弧线。捡起这条弧线，才能捡起他人生的全部内容和意义。

他出身乡村，祖上种地，本来完全可以同别的村民一样不用出发，在鲁家洼原地踏步同样可以走到他生命的尽头。这里的人祖祖辈辈都这样生活，他没有越出这个常轨的理由。就因为他爷爷信教，又到教会去给英国来的传教士当伙夫做饭，才改变了他的命运。由于传教士对他爷爷的奖励，免费让鲁杰在教会学校念书，然后又保送他到英国去留学。

从这一点上看，爷爷做饭完全成为他命运的转折点，而且极富偶然性。如果他爷爷不会做饭，或者会做饭而不去给传教士做饭，鲁杰就可能是另外一种人生。如果从鲁杰这个命运的转折点出发来思考他的人生，并推而广之上升到对于命运的认识，那么就会发现一个有趣的问题：命运是不容易被把握的，偶然永远是摆渡命运的帆船。

不过对于一个乡村老头儿来说，他并不思考这些，只一味对教会感恩戴德。

"杰，这人来世上啥要紧？"

"爷爷，啥要紧？"

"名声要紧。"

"是，名声要紧。"

"杰，名声从哪里来？"

"爷爷，从哪里来？"

"从心上来。"

"是，从心上来。"

"要不是教会，你这一辈子只怕当一辈子睁眼瞎。娃子，记住，这一回到外国去念书，一定要用功，给咱教会争气。"

那年代洛宁县到洛阳还不通汽车，老头儿赶着毛驴送孙子到洛阳搭火车，走一路说一路，整整走了三天。虽然天热得泼火，老头儿并不觉得路长。

在洛阳车站分别时，老头儿老泪纵横抓住孙子的手，像牢牢抓住他们鲁家的命根子迟迟不愿松开，泪涟涟地说：

"杰，让爷爷再看看你，兴许你这一出中国，再回来就见不着爷爷了。

"杰，我想了这一路，给你说几句最要紧的话，你要听话，一辈子消灾避难。

"记着，你这一辈子不论走再远，事不可干太大，钱不可挣太多，娶媳妇不要太漂亮。"

鲁杰点点头，表示牢记住了爷爷的话。然而当火车开动以后，他努力去相信去感悟爷爷的话时，他逃脱了。他如今正往外走，而爷爷的话分明是要把他往回拉。他爷爷不拉还好，他这么一拉反而提醒了孙子，要想发展前程就要背叛家乡的落后和无知。

他爷爷在这里犯下了一个绝大的错误，那就是给孙子指明了后退的方向。他孙子正好与这个方向背道而驰下定了决心，人活一辈子，就是要干那大事业挣大钱找漂亮媳妇。从这个角度上讲，他爷爷像一张弓，就这么往回一拉，反而把孙子像箭一样射了出去。

在车笛鸣响的一刻，鲁杰已经为他一生的悲剧命运扬起了风帆。

一九三三年到一九三七年获得英国雷斯德医学院医学和药物学两个博士学位；接着，导师又介绍他到美国纽约州圣约翰雷普氏医学院进修，获生物化学博士；一九三八年末应英国剑桥大学之聘担任教授，第二年晋升为大教授；一九三九年末回国应聘，在上海最大的生物化学厂任总化验师兼副总经理；同年，与毕业于南京金陵女子学院钢琴系的白丽小姐成婚，搬进了豪华的花园洋房。

当他坐轿车挣金条不断创造发明闻名国内外时，当他在洋房里娶妻生子时，回望家乡，爷爷的坟头上枯草在风中摇晃，他不住地感叹，人没有知识，可怜哪。回想家乡的茅草小屋和走过来的路，他越来越感到家乡人的落后。一个普通英国传教士，在当年就把那么多家乡人征服了。说到底，那不过是一种宗教，与科学的太阳相比那只不过是一团淡淡的迷雾。

这是一个非常有趣的现象，爷爷把他送进教会的学校念书，使他走进了书本，认清了家乡的落后并背叛了家乡。教会送他出国留学，使他走进了科学，认清了教会的虚伪并背叛了教会。但是这些发生在鲁杰身上的一连串的背叛，都为鲁杰拓开了前程，他在背叛中发展自己，他在发展自己中一次次背叛自己的过去。在鲁杰的发展道路上，我们分明捡到一颗认识的果实，那就是人生就是背叛。

出国留学后又回到上海，要说这时候鲁杰已经把自己这个叛逆者的形象塑造得血肉丰满，但是他并不满足于自己，很快就被共产主义的新思想所吸引，从发展自己的命运拓宽到关心民族命运。他甚至张开联想的翅膀，认为共产党给人民以思想，我给人民以科学，只要我和共产党联合起来，就可以并完全能够拯救这个民族了。

一想到他要成为这个民族的救星，他激动得不得了。这时候，这个从洛宁县鲁家洼走出来的原本农民的娃子，已经把自己鼓荡再鼓荡，走到了他一生中最辉煌的时刻，已经是国内外闻名的科学家了。

这时候上海外围响起解放军的枪声，这个城市就要解放了，逃的逃，跑的跑，上海滩一片混乱……

美国领事馆派人来动员他去美国当美国人，英国领事馆派人劝说他到英国当英国人，瑞士人劝说他到瑞士去定居当瑞士人，国民党高级官员游说他去台湾，他都拒绝了。他很会拒绝，他对美国人暗示他要到台湾，他又对国民党暗示他要到美国，他对英国人暗示他要取道瑞士，他对瑞士人暗示他要取道英国。他知道自己是哪一方也没力量得罪，但他又知道这各方之间谁也不敢得罪谁。结果给人的印象是鲁杰肯定要走，就是不知道到底上哪儿去。谁也不知道他一边应付他们一边在心里早拿定主意，哪儿也不去，要留下来与共产党联手当民族的大救星呢！

那时候往国外跑的人，谁也不知道这辈子还能不能回到祖国，死后还能不能埋进祖国的土地里，便悄悄兴起了挖土热。往国外逃跑的人都到上海外滩挖土，带一抔黄土吧，万一客死他乡，把骨灰放进这抔土里，灵魂就安息了，也许这抔黄土会化为一朵祥云，托着流浪儿的孤魂漂洋过海，回到祖国回到家族的祠堂里。

白丽和妹妹白平去挖土时，鲁杰没有阻拦。白平在国民党情报机关工作，他一直觉得这个漂亮的妻妹在悄悄爱着他的同时也在悄悄监视着他。他时时处处提防着她。不过，他还是上了她的当。

那天白平飞往台湾，他们全家人去送她。白丽抱着儿子，鲁杰手捧一束鲜花。看着即将起飞的飞机，鲁杰把鲜花献给漂亮的妻妹。白平深情地接过鲜花，吻一口，转给姐姐白丽，伸手抱住了鲁杰的儿子，看样子要吻别一般。就在这时，意外突然发生了，白平抱着孩子一扭头就飞一般向航机跑去。白丽本能地动身去追，被鲁杰拉住了。鲁杰死命握住了她的手。鲁杰明白，只要他们追上飞机，飞机马上就会起飞的，那样命运将会是另外一种样子。

白丽疯一般挣脱着要去抢孩子，鲁杰死命抓住她的手不放，仍然满面微笑地向飞机上的白平用目光告别。那样子就像鲁杰和白平商量好了一样，把白丽蒙在鼓中。

鲁杰知道，国民党不至于劫持他飞往台湾，是因为他们不敢得罪他身后可能存在的美国和英国，但他们怎么也不会想到，他会下决心留下来和共产党一道建设新中国。

飞机起飞了。当孩子的哭叫声游丝一样在空中飘逝的时候，鲁杰才放下心松了一口气。白平虽然抢去了孩子，却没能引诱他们上飞机，白平的劫持便只是劫持了一个形式，没有得到劫持的内容。

鲁杰紧握着妻子的手，迈进汽车又回到家里。在白丽的记忆中丈夫从来没有这么长时间握过她的手，她感到她整个人被握在丈夫手心里，从挣不脱到不愿意再挣脱，到最后感到在丈夫的手心里迅速成长，一下子就成熟了。

"我明白，"白丽说，"咱们是哪儿也不走了。"

"不是我不走。"鲁杰说，"是我没有权利走，这个民族需要我,这个国家需要我。"

这句豪言壮语脱口而出,鲁杰望着吃惊的夫人,自己也感到吃惊。 夫人作为听到他内心秘密的一个别人,对他形成了一个接受对象和受到影响的环境。

白丽点了点头说:"我懂了,你不仅仅属于我,你属于整个民族。"

白丽的话构成了对丈夫的回声。 这个回声不仅接受而且继续煽动了丈夫的伟大感。 他们在失去孩子以后忽然觉得获得了整个民族,于是为他们自己煽动起来的伟大感而激动万分,热烈拥抱。 白丽旋即又坐在琴前,为继续鼓荡他们自己,弹响了迷醉的琴声。 他们在琴声中迷醉。

三

鲁杰切入伟大后的自我迷醉感一直延续到解放后的一九五一年春天,一辆草绿色的吉普车把他送进了牢房。 在他以后的回忆里,好像牢房并不重要,却牢牢记住了那辆草绿色的吉普车。 他记得那美式吉普又破又旧,坐垫上还有破洞,由于底盘太轻跑起来有点飘还有点颠。 车笛刺耳,车就像要散架的骨头跑起来哪儿都响,总使人有跑着跑着就要掉轱辘的感觉。 他从来没坐过这种车,他不是坐这种车的人,让他坐这种车进监狱他便觉得受到了轻视。 他十分后悔当时没提出来换车,以后每想到这辆车就觉得十分悲惨。

这样，从鲁杰看待这辆吉普车和牢房的轻重上，我们就发现他这人极重形式，形式往往给人以改变命运的最先反映。通常，形式一般是内容的载体和外观，而有时候形式本身就切入了内容。这就给鲁杰一种感受，那辆破吉普车才真正是他的牢房，因为这辆车一下割断了他和外部明媚春光的关系。牢房不过是以后九年时光的帆船，他坐在这船里在时间的长河里漂流。

判了他九年徒刑。判刑的时候他对犯罪情节和细节全部承认，就是不承认犯罪性质。他私自通过外商购进一批大烟，在国际上引起了轩然大波，帝国主义分子都在这件事上大做文章攻击新中国，严重破坏了新中国在国际上的声誉和形象，确实构成犯罪。而鲁杰认为没罪的原因是，他购进大烟是为制造药品而不是贩卖毒品，用大烟制造药品给人治病，和用大烟从事吸毒伤害人的生命，这完全是不同的性质，像用菜刀切菜和用菜刀杀人完全不同一样，这是从本质上不同的两个概念，怎么能把用菜刀切菜当作杀人来混乱逻辑判他有罪呢？他甚至指着公安人员的枪支又振振有词地讲演，用枪支来杀害人民和杀伤敌人在性质上是根本不同的，这是一个极简单的道理。于是就形成这样一种现象，他已经被判刑入狱还不承认自己有罪。

他是入狱以后才承认自己有罪的，是监狱里的看守说服了他。看守说你主要是没经过政府批准购进大烟才犯了罪，犯了没批准的罪。这使他一下豁然开朗，再不在这个问题上胡搅蛮缠。看守并且说，因为你不是贩毒才从轻判了你九年，如果是贩毒就可以判你无期徒刑和死罪。这才使他一下惊醒，进入了犯人意识，原来从没有批准开始，就犯了罪。

一明白自己确实犯了罪，就主动要笔要纸写出了长长的检查书，承认自己的犯罪性质后，又认识到由于自己的犯罪行为严重伤害了新中国在国际上的声誉，这使他非常痛心而永远不能够原谅自己。因为他原本是要建设这个国家的，却破坏了这个国家。他感到难过。他马上表明态度从此开始一定接受改造，重新做人。不过使他遗憾的是检查认罪书写好之后，看守把笔和纸也拿走了，他十分想留下这两件好东西。但是看守告诉他，他的主要任务是改造自己，不能用这些东西。他虽然心里难受得很，但也不敢反驳。不过从这天起，他不再痛苦，既然承认了犯罪，就要主动改造自己。并且开始主动逼迫自己适应新生活，而且马上就对牢房发生了浓厚的兴趣。

牢房里卫生条件差和伙食水平低，他都认为不重要，这是因为我们国家一穷二白，经济条件上不能满足。他是觉得牢房这个空间对犯人构成的意义十分有意思。人生活在地球上，地球的吸引力永远把人牢牢拴在它上边，实际上地球对人就构成了牢房的意义。如果按照这个推想，牢房不过是地球上的一只小地球，从根本性质上并没有对人进行本质上的伤害。这样相比较，别人只不过生活在大地球上，自己只不过生活在小地球上。面积的大小之分便改变了性质，这使他对社会科学发生了兴趣。原来社会科学从面积的区分就能切进去，实在是有意思。他原来对社会科学一无所知，正好凭思考进行一些研究，这实在是一个好机会。对他来说，任何学习的机会都是宝贵的，发现了就应抓住不放。他一向认为知识无止境，应该活到老学到老。

他先思考犯罪，他觉得犯人只是做了一般人不敢做的事情，例如杀人放火。先放下杀人放火的性质不论，单是这杀人放火的行为，是远远超出了常人的行为习惯的，那么就说明这些行为对于平庸的常人行为是一种创造，这就说明犯罪行为实际上是一种创造行为和行为的创造。当他想到这一层次上时，笑了。因为他觉得科学家的创造和发明，也不过是在对这个世界的认识上超出了别的学问家，由思想认识的超出平庸和常规便形成了创造和发明。这实在有味道。从这一点上说，犯人的行为创造和科学家的认识创造在创造这一层次上，在超出常规平庸这一层次上，原来是沟通的，他们都是创造者。创造者都是最富有活力的人，都是超出平庸和常规的人。那么这两类人相结合，就可以把认识创造落实在行为创造上边，就可以推动历史向前发展。如果这些行为创造者不是犯罪而是有益的劳动，那么这两种人便是人类中最优秀的分子了。从这一点上看待自己，原来自己具有天生的犯罪意识，把自己关进牢房一点也不委屈，因为这并没有改变和降低自己的优秀属性和品格。就是进了牢房，自己仍然不是平庸的人。他最害怕的不是进牢房，而是当平庸的人和被认为是平庸的人。

认识到这一点，他一下觉得社会科学太简单无味，社会科学的全部内容不过是把人们的一切有害行为改变成有益的行为，从精神到物质，全从这里起源和结果。认识到这一点，他也就找到了改造自己的原因和作用，甚至他已经觉得从认识到这一层次上的那一刻，自己就已经改造好了，对于他这种科学工作者今后只注意发生行为时让政府批准就是了，就是这么简单。那么余下来的事情就是怎么用掉这九年的时光，一想到要用掉九年的时光他又难受起来。从这里他发现了法律的不合理性，如果说判刑是为了改造犯人、让犯人重新做人，就不应该用时间这个标准来衡量。有的人改造一辈子不见得就能改造好，是天才的人可能一个晚上就改造好了，例如自己就属于后者。最合理最科学的法律应该是在犯人改造好的那一刻就终止服刑，让他出狱重新工作。不然，这是多么浪费人才和浪费财富，甚至浪费生命，更甚至延缓了发展历史的速度呀。这说明社会科学和自然科学一样，还太落后太落后了。但是，发展和进步是要用时间这个代价来实现和进行的，他没有能力改变这个现状，在落后的社会科学面前他感到了无能为力。他为找不到利用这九年时光的事情做而痛苦万分不能忍受，于是怎么利用这九年的时光又成了他最新的最困难的研究课题。他像进入实验室一样，又进入了研究状态。一进入这种状态就进入了一种疯狂，对什么别的事情从本能上进行排斥，没有任何东西能分散他的精力和引起他的关注。恰好这时候他的夫人带着新生的女儿来探望他，政府让她进行改造，问她是下工厂还是回农村，她特来征求他的意见。他竟然没有认真考虑就说，想回老家看看就回老家吧。一句话，就这么轻易决定了他家属的命运，使他的夫人带着新生的女儿离开大都市上海，回到了洛宁县鲁家洼当了农民。接到从洛宁山乡的来信时，他才明白全家人都在洛宁山区安家落户再不能回上海了。不过这种小小的不愉快一闪即逝，他又迅速回到了疯狂的研究状态里，把老婆孩子忘了。

怎么利用这九年时光？连纸和笔都不准使用，怎么工作？于是鲁杰一下木呆呆失去了灵性，连怎么出牢房转到劳改农场他都记不住，在看守的监视下让他去挖花生他都不会挖，只一个劲用铁锹在地上挖，不知道把花生一颗颗收起来。一直木呆呆地到了挖完花生让他喝凉水漱口时，才回到了生活之中。

为了监视犯人在挖花生时不偷吃花生，看守发明了一个办法，犯人挖完花生后，排成一队，看守让他们一个个用凉水漱口，再把水吐进瓦盆里，用这个办法来检查哪个偷吃了花生。这口凉水刺激了鲁杰，使他灵醒过来，恢复了犯人意识。在这口凉水面前他感到了侮辱，拒绝了。急于表现积极的其他犯人架住他的胳膊，按着他的脑袋，把凉水灌进去又把凉水倒出来。看守发现他并没有偷吃花生，就觉得非常奇怪。没有偷吃花生又拒绝喝凉水，这让看守很不理解。

看守板起面孔命令他:"一五一号,出列!"

变成了一五一号的鲁杰听到呼叫本能出列,背对看守蹲下来,并低下脑袋。

"你为什么不喝凉水?"

"我是犯人,但不是小偷。"

"你错了。喝水是为了证明你不是小偷,明白吗?"

这一句简单的话把鲁杰说服了,原来喝凉水并不是怀疑你是小偷,而是为了证明你不是小偷。他觉得卸掉了侮辱感进入了证明感,从此劳动后便盼着喝这口凉水。

这口凉水,使鲁杰对看守人员佩服得五体投地。他们从来没打过他,总给他讲道理,而且又那么亲切,又那么有水平。还是新社会好呀。这使他从内心深处爱上了共产党,共产党和国民党就是不一样。要换成国民党的监狱,早把他打扁打死了。

可惜的是农场的花生并不很多,没有多久就挖完了。接下来的工作是挖河泥,挖河泥就不用喝凉水,不再喝凉水竟使鲁杰多少对那口凉水有些怀恋。

从这件小事上,我们发现鲁杰思维怪异,又发现了他的天真。甚至可以说由于他全身心投入自然科学研究,在生活思维上多少有些退化。随着知识水平的陡峭增高,他对客观世界认识的反应,越来越快越富有个性和创造意识,对现实生活的适应能力甚至理解能力却迅速降低,越来越迟钝甚至愚蠢幼稚。别人是越长越老,他却像越长越小越不懂事。

这样，他就特别适合干挖河泥这类活儿，既然累就可以不走脑子，就可以把脑子空出来继续自己的研究。自从不挖花生不再让喝凉水之后，他又变得木呆呆的，眼里没有光亮，活像一个瞎子那样，任何人看到这双死鱼一样的眼睛，都会有一种不吉利的感觉。谁也想不到恰恰这时刻，正是他思想最活跃精力最旺盛的时候。他好像把精神分成两个层次，只用一小部分应付环境甚至是站岗放哨，而大部分都沉在底层紧张地工作，变成了典型的一心二用。

在入狱一年时，他完成了怎么来利用这九年时光这个课题的研究。

由于没有纸和笔，连写家书都要有人来代替，就必须利用心算和在地上演算。但搞研究又必须要有环境，没有资料和工具书，还不是最主要的，最主要的是你没有实验室可用，一切空对空的计算和设想得不到证明看不到效果。这就失去了研究的全部意义和价值。这样也就没有继续进行科学研究的必要性和可能性，原先正进行的课题研究不得不放弃了，这条路从他入监狱那天起，从鲁杰变成一五一号起，就已经卷纸条一样卷起来了。

这就是外部条件对于个人的局限。鲁杰认识到这余下的八年时光再宝贵再美好，也不可能在事业上有什么发展了。失去了发展的希望，剩下的便是守住自己，看管好自己原先已经具有的知识水平，不让它们在这八年的时光流逝中流逝掉。

四

　　如果回顾一下，鲁杰进入监狱以后的思想变化，可以分为这样几个层次：先承认犯罪，又记住了鲁杰变为了一五一号，接着在挖花生后喝凉水时进入了证明感，后来又明白了今后八年时光的任务是守住自己的知识不要流逝。这几个层次一层递一层向前发展，从不自觉进入了自觉。由此回头再望得远一些，我们发现鲁杰由洛宁山乡出发时那种狂傲和朝气，鼓舞着他一步步改变着环境，拓宽着他的前程，现在是环境一步步改造着他，甚至使他一点点切进和变化为环境。仔细看鲁杰和环境的关系变化，显然在人生这座山上，鲁杰已经翻过了山头，开始滑下山坡。这个过程就像太阳升起东山，跨过蓝天，开始落向黄昏。

　　是否可以这么说，人在进取时是一步一层景一步一灿烂，那么滑下山坡时是一步一挣扎一步一叹息呢？不论是否承认，如果客观事实是真实的，那么人在后退时比人在上升时就更艰难。因为后退并不是重复自己走过的路，从人生的意义上来说，上升时是一种具象的变化，那么后退时就切入了抽象的意境。这样我们就可以说，人在后退时才能品尝人生的全部滋味。

　　可惜的是，鲁杰在科学研究上是一位天才，并不能代替他在生活面前的低能，这就反映出他在感悟人生方面没有一点点悟性。这就使他在上升时能欣赏峥嵘风景，在后退时却不会享受走下坡路的轻松和快感。一明白今后八年时光再不能进取，只有保守的权利时，他马上想到的是科学发展一日千里，八年停步不前自己就再也不是世界上一流的科学家了。不由得心里一阵阵难过，隐隐作痛。

这种内心的隐痛向我们揭示，曾经一再鼓荡自己要当民族救星的鲁杰，从产生内心的隐痛起，已经承认自己不可能再星光灿烂了。实际上这时刻他已经向悲剧命运耷拉下来自己的脑袋，软了脖子。如果生活悟性极强的人，很可能从一意识到，就开始背转方向走向独善其身，去享受人生落魄时那种甜美的忧伤和孤独。

鲁杰没有。因为他没有生活悟性，他对于生活的无知和低能救了他，使他滑了一步后马上站稳身子守住了自己，又看到了重返山头的道路，又产生了返回的希望。

他马上放弃了世界上一流科学家的位置，很快在科学家的阵营里找到了岗位，虽然当不成一流的科学家，仍然可以当科学家。出狱之后再往前赶，说不定还可以有所建树。这就是说，当科学家不能杰出，还可以当杰出的人。而当人不能杰出，他是决不能忍受的。这样，他像一个精神上的不倒翁一样，又开始了工作，也就是开始了守住自己知识的工作。

要守住这些知识，不让它们在时光中流逝，这和守住时光不让流逝一样困难。实际上他就是要留住时光，留住自己在灿烂时期的美好风景。而且,要牢牢地守住八年的时间,也就是说他要和这八年的时间作战。

没有书本和资料,也没有纸和笔,像战士没有武器一样,只剩下一颗脑袋两只手,并且还有繁忙的体力劳动要完成,剩下的唯一的办法便是回忆,回忆成了他与八年时间作战的唯一武器。通过回忆,打捞掉进时间长河里的知识,把它们像捡树枝一样捡起来,放到河岸上晒干,保守珍藏进大脑的深处,给八年后的燃烧保存好燃料。

开始时只能利用空闲时间来回忆,例如晚上睡觉的时间就是最好的工作时间,他常常回想到深夜甚至第二天清晨,这就使他在进行劳动时显得精疲力竭,差点露出了马脚。后来他逐渐锻炼用体力劳动的时间来回忆,慢慢也收到了效果。他回忆所有学过的知识,并且先易后难,先粗后细,一边回忆一边背诵然后强迫记忆,把回忆起来的知识像钉子一样牢牢钉进大脑的皮层上。他发现效果不错,比他原先预料的要好得多。由于远离书本和实验室,就产生渴望,这渴望反而增加和强化了他的回忆能力。

熟能生巧,他逐渐摸索着前进,终于寻找到了最佳回忆知识工作法。那就是把知识分为两类,用平时劳动的时间来回忆一般的细碎的东西。例如资料,例如英语、德语、俄语、拉丁语的单词,特别对于外语的回忆竟然趣味横生,因为他随时把要说的话和看到的风景一连串用几个国家的语言来重复叙述,于是他感到有几个国家的人正在对话一样十分有趣。就像他自己的灵魂在观看他自己的表演，互相欣赏和鼓励。而回忆那些高难精深的知识内容时，安排在晚上，要闭上眼，丢掉任何干扰和杂念。一闭上眼，就觉得灵魂从肉体上飘了起来，像鸟儿一样飞回到原来学习和工作过的地方，这样回忆便同观赏和旅游一样美丽。而且刚开始时是回想，逐渐在眼前浮现出一些回忆对象的模糊形象，这些模糊形象慢慢清晰明了，一年多以后便出现了奇迹。他忽然吃惊地发现一个现象：他只要一闭上眼，那些回忆对象便一排排飘过来，像放电影一样展现在他的眼前。不用再回想，只观看只阅读就可以了。这时候他感到分明把一本书打开了，看完又合上了。他分明感到他走进了往日的实验室，重复过去做过的实验，果然就出现了那曾出现过的实验效果。这时候回忆便不再是回忆，变成了一种复习。并且另一个现象也使他吃惊：这样通夜通夜不睡后，第二天竟然不感到疲倦了。

他开始对这种现象感到恐怖，又不敢说出来，就一个人独自享受这种恐怖。分明是闭着眼，为什么眼前就展开了一本书呢？而且一旦睁开眼，什么都看不见了。还有，他所能看到的书，全是他看过的书，永远找不到一本新书。他进的实验室，永远是他进去工作过的实验室，而且做的实验永远是过去实验的复习，永远走不进新的实验室去做任何想做的崭新的实验。

有一天夜里，他忽然想到并发现自己多了一只眼睛，也就是有了第三只眼。这只眼专门在那两只眼关闭之后打开，那两只眼打开的时刻这第三只眼就自动关闭。他看到过去的书和走进过去的实验室，完全是第三只眼带他去领略往日的风光的。他没有解释这种现象，他忽然对人体产生了崭新的怀疑，这怀疑无疑是认识的曙光，可惜自己不能捕捉住这种现象追着这一束曙光走过去，去追踪人体的很可能是一个伟大的史无前例的秘密领域。于是叹一口气又回到现实之中，继续对八年时间的作战。这样他就不再解释这种现象，把这种现象暂时当成一种由习惯自然转化成的一种境界来认为。把这种现象叫作特别工作状态。

这实际上等于自己欺骗自己，或者说自己哄着自己。因为要到一个地方去，不能在这儿贪玩走错了路。于是自己拖着自己错过了这个路口，继续向前，按照原定的目标走过去。

这时刻我们分明看到了鲁杰先生在这个路口的无奈，他分明看到在路口岔出去的另一条道路上异彩缤纷，如果走过去很可能一步一峥嵘，从而到达一个辉煌的天堂。可惜他没有走过去的条件，也就是说他正在面对八年时间作战，只有回忆这一种唯一的武器。用这种武器来对付八年时间已经十分艰难，更不要说去开辟新的战场。于是他长长叹息一声，自己哄着自己，像灵魂拖着肉体一步一回首地离开了那个路口，舍弃了那条五彩缤纷的路，回到了八年时间面前。只好把这种现象叫作特别工作状态。

他进一步感到这个特别工作状态的特别，刚进入这种状态时目的是为了回忆知识，接着他又发现进入这种状态后，人有一种轻起来的快感。他紧紧抓住这种快感不放，和别的生活状态进行比较，发现这种快感像洗过热水澡的感受，后来又发现不十分准确，终于又找到更准确的形象感受，活活如大睡一觉醒来之后那种轻松和振奋感。从此，他发现这种特别工作状态不仅可以用来工作，还可以用来休息。体力劳动劳累后闭上眼看十几页书，睁开眼后便精神焕发。再一个明显的感觉，他的身体一天天好起来，奇迹般强壮起来。

这样，九年刑满出狱时，他竟然有一晃而过的感觉，时间的长河怎么一会儿就翻卷过去九年的浪花？于是他激动地急于奔向新的工作岗位，他已经战胜了八年时间，守住了自己的知识，从此就可以继续奋进了。

"快告诉我，我的实验室在哪里？谁给我当助手？"

"鲁杰，改造是长期的。虽然刑满出狱，政府并没有批准你重新从事科学研究工作，要送你回原籍劳动改造。希望你在农业第一线接受考验，继续改造自己的世界观。"

明白了。这就是说，九年前由于没经过政府批准购进大烟犯了罪，九年后没有政府批准，他还不能回到科学研究工作岗位上。这时候，当他明白再不能回到实验室的一刻，他才从精神上垮了。九年徒刑他没有伤心痛哭过，如今他抱着脑袋蹲在地上哭起来，泪流满面哭得很伤心很伤心，然后抬起头要求：

"我不能回实验室，就不出狱吧，求求你们让我留在劳改农场吧。"

这就是鲁杰,透过这句话的表层,我们轻易就捕捉住他的心机。这是个死要面子活要脸的人。按照他自己的逻辑,要么当科学家要么当罪犯,他最害怕把他送回普通人群中当平庸的人。他害怕平庸。

但是,看守人员押着他还是出发了。坐了火车坐汽车,一级一级转交着,像邮局邮递一件包裹那样把他送回到洛宁县鲁家洼村,交给了他老婆。

还是这条路,当年是爷爷送他,从鲁家洼到洛宁县城,从洛宁县城到洛阳,然后上火车过开封到上海,在上海漂洋出国。现在他从上海到监狱,离开监狱上火车,又经过开封到洛阳下了火车,回到洛宁县的鲁家洼。不同的是,从洛宁县出发时骑的毛驴,现在从洛阳回来时已经有了汽车,甚至回鲁家洼都坐了汽车。回程的速度比出发时还快。这该死的鲁家洼就像一个魔术师把他当飞碟扔了出去,明明是飞呀飞呀往远处飞,到头来又飞回到鲁家洼手心里。

他像在梦中,糊糊涂涂游出去,又迷迷瞪瞪转悠了回来,睁眼看看从梦中醒来,还是鲁家洼。难道这就是爷爷说过的人生如梦转眼就是百年吗?

五

还在鲁杰刚入狱时,政府曾派人通知白丽,不能在家里吃闲饭,要自食其力去劳动,并给她两条路,下工厂当工人或回鲁杰原籍当农民,让她选择。 由于鲁杰入狱后公安局来抄过家,没收了鲁杰的博士证书和几个国家的居住卡,当然还有更多他们认为应该没收的东西,在街道上造成了很大影响,白丽觉得已经抬不起头没脸见人。 又通知她,家里的洋房也要没收,因为这全是劳动人民的血汗。 在这时候,让白丽来选择生活道路,没见到丈夫前,她心里的天平已经向乡村倾斜。 丈夫又正好支持了她,她就把花园洋房一交,带着女儿上了火车。 车一开出上海,她心里才松了一口气。 一想到乡村风光,不由得一阵阵激动。

她在这时候渴望乡村,因为她从来没到过乡村。 书本上电影里对于乡村风光的描绘一直吸引着她,特别是音乐里一写到乡村就如诗如画般抒情,早拨动着她的心弦。 或者是祖父母对她的遗传,渴望乡村的意识也被点燃起来。

当然,她在这时候渴望乡村的意识里还铺垫着对于城市的厌恶。 丈夫入狱后,山一样伟岸的丈夫垮了,便留给她精神上一片废墟,她在这片废墟上站不起来。 财产没收了,一下抹去了她在城市里的虚荣和骄傲。 又要她到纱厂里去做工,她忽然感到了做工的恐惧。 她本能地盯着一双弹钢琴的手呆呆出神,仿佛只剩下这双赤裸裸的手,为了守住这双手和这双手抓住的音乐世界,也要赶快逃出城市。 这样,她在渴望乡村和逃脱城市的双重旋律上弹跳。 一路上她还有一种奇特的感觉,像过去有时候偶尔披上丈夫大衣的那种感觉,暖暖和和里有一种厚厚实实的安全感。这是因为她在潜意识里把丈夫的原籍和丈夫的大衣接通了，这使她还没有进入鲁家洼，就已经把鲁家洼展开来像披丈夫的大衣一样披在了身上……

当然，这些感受很快就流逝在九年的时光里。九年以后，鲁杰刑满出狱回到鲁家洼，被村里干部们送到家里，扛着行李卷站在院子里，久久地出神。他呆呆地看着一个稍有点驼背的村里婆娘穿着大襟上衣和大裆裤，腰带还掉出来一寸亮在衣裳外边，脸上炸开粗糙的笑容，这难道就是当年的白丽小姐吗？一个农家闺女站在屋门口，怯怯地望着他像望着一个疯子，这就是他的那位千金吗？他环顾四周，极力想打捞起他们过去共同生活的回忆，结果是连一块往日生活的碎片也捡不到了。

但是，这院落这房屋他是熟悉的。他父母生前在这儿生活，爷爷生前在这儿生活，爷爷的爷爷也在这儿生活过。他忽然觉得这个院落像个舞台，鲁家的人，一辈辈在这个舞台上演戏。一代人演完了下了台，又一代人上了台。人，一代一代都逝去了，这舞台却永恒般留给了后人。现在轮到他鲁杰在这儿主演了，人已经站在了舞台上却苦苦走不进角色。在理性上他已经知道这里有老婆孩子，这里就是他的家了，在意识里却切不进去。

他站在院里扛着行李卷，走不进现实生活。像走进一座香烟缭绕的庙里，面对神像跪不下身子。因为他太明白，他这一跳进去，就跳进了平庸，再也出不来了。

　　白天就这么过去了。虽然老婆已帮他放下行李卷，给他做了饭吃，他却从痴呆中灵醒不过来，走不进家里的感情。一直到夜半三更，孩子睡下了，老婆端来一盆热水让他先洗屁股后洗脚时，他的情感才在这洗屁股洗脚的一刻间与过去的生活接通了。他太熟悉这盆热水了，结婚后她就教他这么洗并帮他这么洗，而且她也这么洗。他曾经蹚过这盆水走进了婚姻和夫妻生活，如今又穿过这盆水回到了现实生活的怀抱。没等老婆擦干他的脚，他已经踢过水盆拉过老婆拥进了自己的怀里，老泪纵横哭起来。他什么也不顾了，他知道在这个女人的怀里在这个女人的胸膛上，他不需要任何虚伪。

　　他哭，她也哭。他说，她也说。他们哭哭说说，说说哭哭，一整夜没睡。等到窗户纸发白泛亮的时候，白丽突然意识过来，她日日盼夜夜想的心上人回来了，她日日想夜夜盼的大树一样的丈夫却再也回不来了。作为妻子靠山般的丈夫永远垮了，甚至说她盼回来的只是一个大孩子。

　　当她完全意识到这一点时，像挨了当头一棒。但她竟然异常的镇静。因为结婚后她就像一朵鲜花别在了丈夫衣袋上，一直依附着丈夫生活。虽然生活豪华，却逐渐产生逆反心理，总想冲出对于丈夫的依附。丈夫入狱后，生活把还没学会游泳的她无情地扔进了江河。这九年，对于她来说，是悲壮而自豪的九年。如今丈夫回来了，她一边渴望着回到丈夫的怀抱靠上去歇歇，放松一下自己；一边又在内心深处产生了对于依附生活方式的恐怖，害怕再次淹进丈夫的大海失去航行的自由。这时候，她通过说话完全意识到丈夫变了，对科学的痴呆使他又疯又傻，坐了九年牢，越活越天真了，对现实生活顶多只有十岁孩子的智力。这样，在她忽然间的伤心之后，又产生了一种奇异的镇静。

这种镇静向我们暗示，这女人对拥有了包括丈夫在内的家庭主权而暗暗得意。

这就是这个夜晚的果实。他哭，她也哭，他说，她也说。他们在说说哭哭中互相体察，又相互较量。天亮时他们走到了夜晚的尽头，妻子已牵住丈夫的手夺过了生活的方向。丈夫一手被妻子牵着一手已经耷拉下来，成了她的一个大孩子，拱手让出了把握生活的权力甚至是意识。

"呆子，谁说你是平庸的人了？"

"我已经回到村里，生活在平庸的人们之中，这已经是事实，我已经完了。"

"呆子，平庸不平庸不能让别人说了算。"

"那要谁说了算？"

"要自己。"

"要自己？"

"对，要自己。只要你自己认为自己是杰出的人，是不平庸的人，你就永远杰出，永远不平庸。"

"你这么看？那么你怎么看我？"

"我丈夫永远是杰出的人，永远不平庸。呆子，九年监狱你都挺过来了，如今走出了牢房，你怎么又软弱了？"

"谁说我软弱了？"

"对，别那么软弱，别那么没出息，是男人就要坚强起来，你总有出头那一日！"

像妈妈在哄孩子，一边擦着孩子的眼泪一边夸着孩子，最后对孩子发出了召唤。于是，妻子的欺骗又一次救了他，把他从滑向平庸的悬崖边拖了回来，把他从迈向忧郁孤独的湖畔牵了回来。鲁杰又一次昂起了头，看到了希望，振作了起来，马上给妻子表演他在牢房里创造的特别工作状态，振振有词讲他的长远构想。像一只落地的鹰又一次展翅飞了起来。

白丽觉得是时候了，就开始具体指导他怎么干活儿，甚至包括他怎么说话。

"呆子，你虽然出狱了，咱还是改造的对象，今后在人场活儿场不要乱说话，记着多点头少开口。想说想骂心里不高兴就对我说，不管在家里在外边，咱两个说话用英语，省些麻烦，再说也不影响孩子。孩子还小，正要求进步。"

"好，好，对外人用汉语，对老婆用英语。"

"对。再说，村里的大队支部书记和大队长还有治保主任都是咱的领导，平常不管能不能挣工分，人家叫咱干啥咱干啥。"

"这我知道，人家都是政府。"

"千万不要跟干部们闹别扭和吵架，这都没好处，不要因小失大。"

"这个我懂,我把干部们当成看守就是了。"

"这就好,不过,这都是行动。在思想深处,也要换换脑筋。不管咋说,咱们旧社会吃香的喝辣的,都是劳动人民的血汗,那都是剥削阶级的生活方式。以后要和贫下中农看齐,好好改造世界观。"

这句话,使鲁杰感到了震惊。他老婆说话一套一套的已经使他感到新鲜了,怎么说着说着说起了看守说的话,才几年没见,老婆的思想水平提高得这么快。

天亮以后,鲁杰对白丽的一切行动都产生了兴趣。她蒙上头巾走进厨房去做饭,他跟着去看她拉风箱。没有一点毛病,他记得妈妈当年就这么拉着风箱,还一边往灶膛里送柴火。她和面擀面,他看她和面时把瓦盆上的面沾得干干净净,面擀得很薄,又切得很细。切面时总害怕她切住指头,切完后才发现这种担心是多余的。一点毛病没有,妈妈当年和面擀面就这样,一招一式都和妈妈一模一样。

吃着饭,他看见了门帘和床单,又看到了当间墙角支着的纺花车子,那纺花车上还缠着线穗儿。他吃惊地问:"你学会纺花织布了?"

白丽不回答,笑着点点头。

"这可是不容易呀!"

"你呀,"白丽忽然用英语说,"记着用英语。"

鲁杰不好意思地笑了。他笑着看孩子穿的衣裳,发现也是粗布的，而且穿的鞋也是自家做的。他又吃惊了，不过这回记住了，连忙用英语问："你学会缝衣裳，又学会纳底子做鞋了？"

"是的。"白丽用英语答，"亲爱的，是这样。"

鲁杰再也不问了，环顾屋里、屋外、院里的各个角落，都印着他老婆的痕迹，他老婆的手像印章一样盖满了这家里的每个地方。连锄把上、锨把上、镢头把上都印着他老婆的指纹，而且热汗顺着手指打抹在木把上，浸透了热汗的木把被握得细溜溜的泛着光亮。从这些地方，从这个家里的每一个角落，他都感到了他老婆的了不起。并且，透过这些鲁杰还体会到了一种最可贵的感觉，像小兔子一样四处蹦跳，那就是欢乐，劳动带给她的许多欢乐。

多年来，他第一次看到了欢乐。

六

一连几天，鲁杰都被家里的欢乐所滋润。女儿开口叫爸爸了，并开始缠着他指导功课。他又享受到奢望的父女亲情。和老婆一块儿下地干活儿，看着满山遍野的烂漫春色，又沟通了内心深处对于家乡山水风光的眷恋。他的心底由干裂走向潮湿。

这天晚上，大队党支部鲁支书派人来叫他，他跟人家拐来拐去穿过几条胡同，走进了鲁支书家上房。这几条胡同拐得他心跳加快，这胡同里飘着他儿时的身影，现在双脚踏上去，只觉得这土路热乎乎暖他的脚。他在前边走，一直觉得后边有脚步响。就像多少年前父亲在前边走，他跟在后边当尾巴，去别人家串门。于是他知道身后边的脚步响，是他自己几十年前脚步的回声。

鲁支书正坐在木圈椅里抽着旱烟等他，看年纪和自己差不多。鲁杰认识他，那天就是他从县公安局来人手里接过了他，又把他送回到家里。那一天他就认出来，这就是他儿时的小朋友狗娃，不过人家没认，他也没敢认。几十年过去，狗娃现在是村里的政府和党，鲁杰只是人家领导下的一个村民。这样，进门时他就认真警告自己，牢记老婆的话，多点头少开口。

"鲁杰。"

"有。"

听到叫声就像听到口令，鲁杰连忙转过身体，背对着鲁支书蹲下，两眼看地，耷拉脑袋，反应非常迅速。

他弄这一套，把鲁支书弄愣了，吃惊得半天说不出话。想了一会儿，才想到这是为什么了，连忙起身把鲁杰拉起来，按进另一张木圈椅里。

"你以后别来这一套，这是在咱家里，又不是外人，别吓唬我。"

"是。"

"别鸡巴是了。都回到家了，还是啥哩！"

鲁杰点点头。

"叫你来就是拍拍闲话儿，咱们从小光屁股耍尿泥一块儿长大，谁还不知道谁！"

鲁杰点点头。

"俗话说叶落归根。一家人团聚过光景比啥都强。不过话说回来，你回来还戴着坏分子的帽子，这往后干部们人前人后开会时要日骂你，你要知道并不是恨你，是日骂你头上的帽子，这是公事，别往心上放。"

鲁杰点点头。

"因为按毛主席那阶级分析，咱们不一个阶级。我们当干部要搞阶级斗争，就斗争你们这个阶级。你要明白，我们来斗争，你们挨斗争，这都是工作。搞斗争的和挨斗争的都记工分，你们也不吃亏。外村只给朋友记工分，不给敌人记，我看这不合理。都凭工分吃饭，咱村我说了算。"

鲁杰点点头。

"不过，咱虽不是一个阶级，咱可是姓鲁的一家子。俗话说亲戚三辈，族情万年。这就是说，今后有另姓旁人在，咱们讲阶级；没有外人，关住屋门，咱还是一家人。你也知道，咱姓鲁的数你们这一支人辈儿长，我还给你叫叔哩。杰叔，有老侄子我当支书，还有谁敢难为你？"

鲁杰点点头。

"杰叔，你别老点头，我叫你来又没别的事。怕你在外边年岁太多，不知村里事理，给你说说，以后哑巴吃饺子——心里有数。"

鲁杰点点头。

"杰叔,你别点头好不好,你点头点得我心慌。我叫你来拍闲话哩,你老点头咋拍哩? 好好,今个儿拍不成你先回去吧,啥会儿想拍只管来家。"

在鲁支书家里,鲁杰一直牢记着老婆的交代,多点头少开口。就是被按进木圈椅里,也只敢用屁股挂住边沿儿,不敢真的坐实在。一直到走出鲁支书家门,才开始放松自己,在夜雾的掩护下,把刚才的情景回想。

从鲁支书家出来,他分明觉得又有了许多温暖,特别是那一声杰叔,叫得他差点控制不住,又让他享受到一种族情的亲切。

走着走着,他忽然想到:有这么好的族人关心他,有老婆孩子亲热他,人活一世为了啥,其实就这样在这乡村生活下去也并不错哪。

想到这里他突然站住了脚,他被这个从来就没有出现过的想法吃了一惊。我这是怎么了? 他自己把自己吓坏了。因为在产生这个想法之后的一瞬间,他就意识过来,他的双脚在产生这个想法的同时踏入了平庸。自觉地踏进了平庸。一个最害怕平庸的人,在和平庸进行了长时期的抵抗之后,自觉地又走向了平庸。

我这是怎么了? 鲁杰自己问自己,找不到答案。他对自己的变化不能理解,陷入了困惑。于是他没有沿着老路回家，他忽然觉得脚下的路拐来拐去非常危险，快步来到村外田野里，他急需清查和整理自己，迫不及待。

现在他站在村外，身边就是田野。夜雾下的田野隐去了五光十色的形象，只散发着气息。夜晚是田野呼吸的时候，顺风便飘来一阵阵清香，这清香里有青草味泥土味和野花的芳香，但滚滚而来的还是浓郁的油菜花的香味。这花香简直使人产生眩晕。

鲁杰开始拷问自己，这个该死的想法是如何出现的。追着这个想法产生的时间线索，他一直追踪到他第一次在家里发现欢乐。这欢乐是在看到木把上妻子的指纹时感情波动才发现的，当时他没有警觉，任凭这种欢乐漫延和扩散，于是他迷入了欢乐的圈套，一直追着走入了平庸设下的陷阱。先接通了父女之情，又接通内心深处对于家乡田野风光的怀念，在胡同里拐来拐去时又听到了自己儿时的脚步声，最终在鲁支书家里被那扑面而来的族情打垮了。那声"杰叔"一下就击中了他，使他一出鲁支书家门拐进那胡同时就软弱下来，就在这软弱下来的时刻产生了那个想法，双脚踏进了平庸。

这个过程向鲁杰揭示出一个可怕的特点，和在牢房里环境逼他走向平庸形成鲜明的对比。这样走向平庸不但自觉而且舒服和亲切，如果说前者是平庸的威力，那么后者就是平庸的魅力。

他发现了平庸的魅力。魅力比威力更可怕。

这使他接着发现了平庸的秘密。是这样，多少杰出的人肯定都是这般走入平庸的。当平庸施展威力强迫他们时，他们能抵抗，不愧为杰出。但当平庸散发出魅力时，人们再也受不了这诱惑，就自觉走了进去。

回忆刚刚走过的路，这路上充满了引诱和欺骗，自己完全是被引诱被欺骗后才软弱了下来。

现在他惊醒了。他觉得自己抓住了平庸的另一条狐狸尾巴。这时候再回想那引诱自己的欢乐、亲情、脚步声、族情，甚至这田野风光，一下就看出来这些玩意儿的轻浮和浅薄。这些人人都能拥有的东西，说什么也不会是最珍贵的。是这样，是这样，现在再来呼吸这夜晚田野里的花香，他轻易就品出来这也是包围和弥漫着他的平庸的毒气。

这感觉也许是病态的。但正是由于他思维的怪异和病态，才看到了一般人看不到的东西。鲁杰反应敏捷，在发现平庸的魅力的同时，就看清今后面临双重敌人的艰难前程，这使他在和漫长时间作对的同时，又向平庸的魅力勇敢挑战。

他说，这一下我可知道怎么生活了。看起来凡是对我好的给我温暖的，都是想陷害我。这使他晚上回到家里时，连对老婆也不说实话了，而且还对着她嘿嘿奸笑几声。

"你怎么这样笑？"

"我没有笑。"

他开始当面说谎。因为他一下子不信任她了，他要在今后的生活中考验她提防她，再不能粗心大意。

从第二天开始，他忽然变了样子，对老婆开始怀疑，经常对她奸笑。对女儿开始冷漠，女儿叫爸爸，他不再答应，女儿做作业，他不再辅导。村里人给他打招呼，他一概不理。只有见到管制他的治保主任时，才奇怪地笑笑。乡亲们终于认定，这是个疯子，这是个不打人不骂人的疯子。只有白丽对丈夫的变化看在眼里记在心里，一声不吭，她明白丈夫开始了自己对自己的折磨。

从此后，他常常失踪。只要一没活儿干，闲下来就找不到他。白丽也不喊叫，总是不声不响地找呀找呀，常常发现他要么在沟里，要么在坟边。每次都闭上眼躺下，进入他那特别工作状态。白丽总是坐在他身边等，等他走出那个知识的世界，再把他牵回家吃饭。她从来不埋怨他，不责怪他。她知道丈夫在这块土地上生养，却不属于这块土地。这块土地像蛋壳一样生养罢丈夫后，已用尽了全部的力气，再不能把雄鹰举向蓝天，让他振翅高飞了。

而在白丽看来，丈夫越怪异越病态越傻越呆，正好说明他越正常越杰出越伟大。村民们只知道这疯子在外做过生意坐过牢房，并不了解他的业绩和创造。她了解这一切，她明白丈夫永远平庸不下来，现在只是凤凰沉默虎卧山冈的时候。这样，在照料丈夫时，她便觉得又悲壮又自豪。这块土地盛不下他，她的心能盛下他。这块土地不能把他举起来，她能够把他再举起来。

为了坚定鼓励自己，有时候白丽领着丈夫回家吃饭，路过村街时她故意牵着他的手。像牵一个孩子。

慢慢地，没有人再理他们了。先是村里，后来方圆几十里都知道鲁杰是个疯子。几年下来，他们损了名声。

这时候，鲁杰才觉得终于摆脱了平庸对他的诱惑，战胜了平庸的魅力。

也许在正常人眼里，人杰永远是疯子。

其实从本质上说，人的杰出意识就是超常意识，超常意识落实在形象上，就是一种疯狂表现。

七

山里人叫鲁疯子叫了十年，十年后改叫活神仙。那是一九七〇年，鲁杰开始行医。

当时，"文化大革命"正向纵深发展。一个外国代表团来到北京，外国人提出来想见鲁杰先生。几天后，我方答复外国人，这人已经病逝多年了。当时是没有查到下落还是不便明言，都有可能。不久，英国一家报纸刊发消息，中国的生物化学专家、剑桥大学前教授鲁杰先生病逝。

鲁杰在这时候开始行医，正好与外国发表他病逝的消息在时间上吻合。后来我就想，他在这时候行医会不会是一种生命感应？

再一个原因，我原来认为他女儿的自杀启发了他，也暴露了他的身份。他的女儿成年后立志要嫁贫下中农，贫下中农不要她，"地富反坏右"她不嫁，进退两难，便想到自杀。按说自杀是一个很严肃的死亡形式，可惜由于技术出了偏差，没有完成。

这姑娘刻意追求死亡效果，一口咬碎炸狐狸用的糖丸炸子，一声炮响炸伤她的脸，两片红润润的嘴唇炸开裂成一朵菊花。人却没有炸死，炸狐狸的药力用来炸人，还远远不够。一个小小的技术错误，葬送了一个完美的死亡形式。口含炸丸时那种甜蜜感逝去了，在咬碎炸丸那一瞬间的被粉碎的快感也没有了，于是这个死亡形式里的美感全部飘逝，只留下了痛苦留下了丑。

事后鲁杰认为，没想到女儿能自杀，而且用炸药来粉碎生命，这说明女儿有才气。这一点是他的遗传。没想到女儿在技术上犯这么大的错误，这说明她浪漫有余严谨不足。像她妈一样，一进入音乐就不知道一加一等于几。无论如何，一个连自杀都不会的人，是永远不会有出息的。后来伤好以后嫁给一家富农，他一点也不遗憾。本来就是平庸的人，又在一声炮响中炸碎了那唯一的杰出意识，继续走向平庸是最好的归宿。

也正好由于女儿的自杀，通过对她的疗伤，暴露了鲁杰的身份。从这个角度讲，女儿的自杀给鲁杰的行医制造了机会，好像那一声炮响是专门为父亲咬碎的，一口咬碎父亲十年的沉默。

这使山民们开始回想,发现这家人十年来从没有去村里卫生所和公社卫生院看过病,这疯子经常在干活儿时拢些野草之类在河里洗干净,扔在他家房坡上晒干,然后就不见了。原来他会治病,是医生。这个骗子,真真把山民们骗苦骗够了。

鲁支书这时候已经变成村里革命委员会的鲁主任,还是一把手。按他的话说,政权还掌握在真正的马克思主义者手里。这是一个又幽默又有心计的农民,听到村民们反映,他不声不响进了县城,拿着大队革命委员会的介绍信,找到公安局,借口要对劳改释放犯加强管理需要了解犯罪历史,去看鲁杰的档案。

这一看不要紧,把他吓呆了。人家是只准当面看,不准借阅和转抄,他手捧着三大本档案呆在那里了。他做梦也不会想到鲁杰是个科学家,还是个大家伙。还档案时他留神观察公安局的干部,没有什么反应。于是他认定这档案堆山堆海,县里也没有人看过。这一点对他很重要,那就说明,这洛宁县只有他一个人知道这秘密。

看过档案,走出公安局,他再也控制不住心里的兴奋,就独自进到饭店喝酒。一边喝酒一边想,没想到我当一个村干部,领导了十年科学家。没想到鲁家竟然出了一个大人物,比方圆几十里另姓旁人家出的干部都要大,而且大得很。很快就想到责任重大,他知道现在的世道让红卫兵闹乱了,国家早早晚晚要找杰叔的,那时候他就成了保护科学家的功臣。那时候杰叔一下山，整个鲁家人就会在山里扬眉吐气势压群族。展望前景真是光明灿烂呀！

发现这个秘密后，鲁主任不动声色又回到了鲁家洼，连对老婆都没讲他进城去干过什么。他把这个秘密压在心里，独自一个人悄悄享受。他这个人沉得住气，把这个秘密一下子压到了一九七九年，才公布出来。

但是，为了保护杰叔不让他累着，又为了让杰叔给村里人谋点福利，他决定让杰叔行医。他不亲自出头说，经过周密思考，他让治保主任去说。治保主任平常领导"地富反坏右"，他去说名正言顺，不但别人不怀疑，连鲁杰本人也不往远处想。这样，治保主任一个命令，鲁杰就到村里卫生所来挣工分了。原来想着可能有复杂情况，比如说鲁杰本人不承认怎么办，没想到一命令鲁杰就服从了。

一个获得三个博士学位并当过英国剑桥大学大教授的人，来当乡村医生，自然很快就出了大名。先是村里，再是村外，又扩散到县城，后来又扩散到周围宜阳、陕县、渑池、三门峡，人们纷纷来这儿求医，逐渐"活神仙"的外号就传出去了。到后来，连小汽车都往鲁家洼开了，这使鲁主任又害怕又兴奋，害怕泄密，又为这一份自豪洋洋自得。这是他一生中最辉煌的时刻，当了科学家的伯乐和保护神。

同行是冤家，因为嫉恨，公社卫生院革命委员会连连发难，要取消一个劳改释放犯的行医权，都让鲁主任给顶了回去。他气昂昂地说这是村里革命委员会的决定，革命委员会对住革命委员会，谁也革不了谁的命。

如果这么看，他女儿的自杀事件，大队革命委员会的决定，是造成了鲁杰行医的外部条件，那么造成他本人轻易就同意行医的内在因素是什么呢？追踪这个内在因素，我们发现鲁杰在同意行医时思想层次非常复杂。

这时候，继他在监狱和九年时光作对之后，又在乡村对抗了十年时间和平庸的诱惑，他已经很累很累了。这时候他已年高六十岁，前边的路已经不够多。他在这时候渴望休息，也就是说他这一生都在背叛自己，这时候忽然渴望背叛自己的背叛，于是便产生了非常强烈的回归意识。正好碰上行医这根火柴的点燃，就轻易同意了。那么这么说，就说明他同意行医和认真行医，是他性格上的一种软弱表现。行医这九年，就是他一生中最软弱的时期。

但是，他在行医中从不收报酬和礼物，连几个烘柿送到家里，也被他送到卫生所，有时候甚至恼火起来把礼物扔出门外。他只记工分，并且又从来不与人说笑，甚至除了询问病情之外，从不与别人交谈。另外，一有空余时间，照常失踪，他老婆还得照常去山沟里、坟地里甚至河滩里找他回来吃饭。这又说明，他一边在认真行医，一边又不让自己沦为医生。从这里我们又发现一个存在的意识，那就是经过二十年与时间作对之后，他觉得已经战胜了时间和超越了时间，战胜了平庸又超越了平庸。这时候他开始行医，就只能说明他对于时间的轻视和对于平庸的轻视。那么时间和平庸都不能再对他的心灵构成威胁，他反而对时间和平庸进行挑衅，甚至还可以进一步理解为他的行医行为更使他对自己进行挑衅，或者成为他自己对自己的一种调戏。按这么说，这个时期又成为他心灵历程中最坚强最沉静的时期。

只是，他后来在行医中的自杀事件，又似乎粉碎了这两种意识判断的准确性和可能性。因为属于哪一种意识，他都不会自杀，而事实上他却真的去自杀了。

造成鲁杰自杀的原因出于一次医疗事故。大队革命委员会鲁主任病了，鲁杰去看病，发现是感冒。就问他吃西药还是吃中药，鲁主任就问哪种药治病。鲁杰说都治病。鲁主任又问哪种药省钱。鲁杰说中药省钱。鲁主任就说，那我就吃中药。

鲁杰开了三服中药，鲁主任就吃这三服中药。每服药煎两回，早晚各喝一次。前几天没发现什么，他甚至已经走出院子在街上转悠，明显有好转的表现。但吃着吃着突然昏迷不醒病情加重了。家里人多了心眼儿，不再请鲁杰，连忙绑副担架抬到了公社卫生院。

担架一出村，马上一阵风传开。病人一入院，卫生院诊断，鲁主任吃鲁杰的药中毒了！

这可把有些人高兴坏了，病人还在医院输液，公社卫生院革命委员会和鲁家洼革命委员会已经取得联合，把鲁杰拉到公社所在地开大会批判。

鲁杰脖子上挂着一块大牌子，上边一行小字写"打倒反革命坏分子",下边两个大字写"鲁杰",又用红笔将姓名打上"××",表示打倒的象征。鲁杰戴着这个大牌子站在批判台上,两边有人架着胳膊,又揪着头发。另外有人对着麦克风批判,带着会场群众呼口号。

鲁杰对这一套并不在乎,他只注意听内容。批判他利用行医搞阶级报复,向无产阶级讨还变天账,又是什么亲不亲阶级分,鲁杰不打倒,革命搞不好,等等。他都没有留神,这个耳朵进那个耳朵出。他只注意内容,他不相信他开的药有中毒的可能,对这一点他太自信了。他只剩下对知识自信的权利。

但是,鲁主任的孩子上了台,满面泪光满眼仇恨地指着他,当面揭发,是他亲眼看着他爹煎的药,吃下去就中了毒的。这就把批判会推向了高潮,群情激愤,呼口号,上拳头,踹大脚,连打带踢,文斗武斗一块儿弄。鲁杰终于倒在了批判台上。这会才散了。

散了批判会后,白丽来晚了一步,找不到鲁杰了。公社没有扣押他,他会到哪儿去呢?

天下着雨,四处白茫茫一片。白丽戴着雨帽站在公社大街上发呆,下这么大的雨,丈夫会到哪儿去呢?她先悄悄溜进公社卫生院,发现没有在卫生院;又离开公社所在地往回走,手里还掂着一个送给丈夫的雨帽。

白丽往回走时,特别注意路旁的大树,鲁杰没有在大树下避雨。又注意看那些牲口棚之类,也没有发现丈夫的身影。她从这条路寻到公社接丈夫,又从这条路上复习一遍回到家里,仍然没有收获。回到家站在家门口,白丽的心开始不安,丈夫到底哪里去了呢?

谁也没有想到,鲁杰自杀去了。

八

散会以后,确认听不到别人的声响以后,躺在地上的鲁杰睁开了眼,接着抬起了头,会场上确实空了。刚才还像赶集一样热闹非凡的会场冷静了下来,随着人群的散去,那些声浪也像白云一样被风吹散在空中,只留下一些破纸片哗啦啦在会场上滚动。他爬起来时感到脖子上绞痛,才想起还挂着这个大牌子,他动手想把它卸下来,心里一动没有这样做。于是他戴着这个牌子站起来,走出了会场。

他往回走时,天下起雨来。雨点打在身上无声无息,打在牌子上却爆起了密密麻麻的声响。他想到了自杀,准确说他在被揭发的那一刻就想到了自杀。正是想到自杀,精神才垮了下来,倒在了会场。

现在他挂着牌子行走在雨中,他不知要到哪里去死才适合,于是他一边走一边选择着自杀的形式。

他不喜欢上吊,这种死亡形式太陈旧;他又不喜欢跳崖摔死,这种死亡形式太愚蠢,没有一点点智慧和技巧;他不想服毒,那是对科学最肮脏的一种亵渎;他不想咬碎什么炸狐狸的炸丸，虽然他知道需要多少药量，但那是炸狐狸用的，只能用以炸狐狸，决不能用来自杀，因为他还没有沦为狐狸；最后还是大雨给了他灵感，使他创造了一个最浪漫最抒情的死亡形式。

这山里只要下大雨，山洪就会暴发。他准备躺在河里，让山洪把他带走，进洛河，入黄河，奔向大海……

他走向河边，选了个地方跳进去，仰面躺在了小河中央。河水湿透衣裳，他马上透心般冰凉像吻到了死神的唇。这时候，回忆一生，忽然涌上来一阵悲壮，出口成章竟然成诗。他大声朗诵自己的诗：

> 啊，多么悲壮，
> 我躺在大地的中央，
> 蓝天是我的棺盖，
> 青山是我的棺帮，
> 闪电为我戴孝，
> 滚雷为我哭丧……

这时候这个死亡形式基本已经构成，确实是又抒情又浪漫。并且这个死亡形式的选择和构成，终于向我们证实，他并没有背叛自己的背叛而软弱下来。就是死他也要背叛家乡出去流浪，也就是说，他并没有参透人生，甚至就没有向着这个方向迈进。他的方向还是科学，永远是科学。

从开始行医到因医疗事故而去自杀，正好为我们暴露出他的真实思想境界。我们先认定他是个患了科学病的狂人，或者说他是一个科学狂。那么就会看出，他开始行医时，就已经以科学自居，行医是为着给人类修理生命，降福行善于人类。这时候以科学自居比以科学家自居就更递进一层，并在质上也发生飞跃，那就是他把自己已经当成科学的化身和精灵。我就是科学。除了科学我什么也没有。这样，在出现医疗事故时，他已经不再觉得是审判他自己，而是认为对他自己的审判就是对科学的审判。

在鲁杰这种人看来，科学是永远不能被审判的。因为他自己而使科学受到审判，那么只有牺牲自己的生命来捍卫科学，用自己的生命来审判对于科学的审判。这才是他自杀的思维逻辑和本质追求。如果他自杀成功，他的死就切进了形而上的质量，那样，从形式到意义简直完美无缺。

可惜他又步了他女儿的后尘，没有自杀成功。先是这该死的雨下着下着忽然停了，从他躺进小河中央起，雨便由大到小到最后停止，甚至天上的阴云也迅速炸开，显出了层次，山洪无论如何是不会涨起来了。这样，山洪的流产最先粉碎了这个死亡形式的载体。接着，白丽的脚步声一串串响过来，又踢碎了死亡的内容和意义，最后扼杀了他的自杀。

白丽就站在小河边，看着躺在小河中央的丈夫，也不打灯看他也不伸手捞他，一声不吭地站了一会儿，又慢慢坐了下来。她竟然能坐下来，这是鲁杰没有想到的。在听到妻子脚步声和感到她站在身边时，鲁杰就已经慌了，但是他没有站起来，也没有转身去看她。他准备着妻子来河里哭着拉他，他只在心里想着她如果拉我，我该怎么办？是起来还是不起来？而妻子站在河边竟然一声不吭，又坐了下来，这就使鲁杰不知她要干什么，心里全没有主意了。

这时候鲁杰在妻子面前感到了一种尴尬。在某种程度上，自杀被人发现比做爱被人发现更使人难堪。

不过，这种认定只限于真实的自杀。因为自杀分为两类，一种是自杀，一种是叙述自杀。自杀的人是以死亡为目的。这种自杀就最害怕被人发现，常常为了自杀成功还要调动智慧和技巧来铺垫和伪装，来保护自己的真实的自杀。而叙述自杀的人，是以生存为目的，只把自杀当成一种载体，通过自杀而达到一种另外的目的。这种人动不动就叫喊着要自杀，其实死不了，自杀既然为了叙述就是为了观众而自杀的，这样就没有了不好意思和羞耻。鲁杰的自杀是为死亡，被别人发现，自然感到尴尬。

另外，鲁杰的自杀被妻子发现后的尴尬里，还内含着另一种成分，那就是，他害怕妻子误解为他因为软弱丧失了生活勇气而自杀。他害怕这种误解，因为他和妻子双双配合，已经把他的伟丈夫的杰出形象塑造得血肉丰满，这种误解会直接损害这形象。他爱护这形象甚至超出爱护他的生命，甚至他的自杀也是为了完成对这形象的最后塑造。如果由于对自杀的误解而损害了这形象，那么自杀就变得毫无意义。

白丽的聪明就在于她见死不救，先认真想透了这自杀的根源，才开口说话，而且一开口就切入了对于鲁杰的自杀的误解。丈夫害怕误解，她就专门误解他。这时候，理解能杀死他，误解才能杀死他的自杀。

　　"你死吧，我不拦你。你这样活着老是可怜，还不如死了好受。别说是你，叫谁，谁也受不了这份罪。"

　　鲁杰忍着不说话。

　　"你死吧，不要不好意思，再刚强的人也有软弱的一面。我理解你，我不对任何人说。"

　　鲁杰躺在河里已经忍无可忍。

　　"你死吧，你死之后，我替你去调查清楚医疗事故的真正原因。我相信你开的药不会错，我丈夫不会犯这样的错误。"

　　鲁杰呼啦一下从河里站起来，走上岸来呼叫："你别小看我，我不死了。"

　　"我没有小看你。"

　　"不，你已经小看我了。不过我要告诉你，我不死了，不是怕你小看我，是没有弄清楚我被审判的原因。"

　　"原来这原因你也没弄清楚？"

　　"没有。"

　　"没有就去弄清楚。弄清楚确实是你错了，再死不晚。"

　　"你不要小看我，我就是这个意思。我还要让你明白，自杀并不是一种软弱,而是一种勇敢。"

鲁杰说完就走,白丽知道他要去公社卫生院,伸手拉住他,要把挂在他脖子上的大木牌子卸下来。鲁杰不让卸,坚持要戴着去。白丽只好卸下来让他挎在肩上,他才同意了。看样子事情没弄清楚,他不会卸掉这个牌子的。夜已经很深,他就挎着这个木牌子水淋淋地闯进公社卫生院鲁主任的病房,他凶神一般,把人们吓了一跳。

"我问你,"鲁杰手指鲁主任的鼻子,"你是咋中毒的?"

"杰叔别生气,"鲁主任忙说,"这不怪你怪我自己,吃第三服药时我心疼钱,把前两服药渣也倒进去煮了。"

鲁杰怎么也没想到会是这样。事故的原因出乎意外地简单明了,甚至让人好笑。他呆呆地看着鲁主任,终于笑起来:"你怎么会这么糊涂呢?"

"我原来想勤俭节约一下,没想到弄坏了。"

"我说呢,人会错,药怎么会错呢。"

"杰叔,孩子们不懂事,你可不要生气呀。"

"我告诉你,药是不会错的。"

"杰叔,我明天就让他们给你开会平反。"

"平什么反? 不是已经说明白了吗?"

这时候鲁杰才把挎在肩上的木牌子卸下来扔在地上,同时也放弃了自杀的形式和目的。

但是,几天以后,鲁主任还是毅然在村里开了平反大会。一个革命委员会公开给阶级敌人平反，这在当时是了不起的壮举。

在山里，鲁主任是一个了不起的人物。村里原来是党支部，他当党支书；后来改成革命委员会，他当鲁主任；再后来到一九七二年又改成党支部，他又当党支书。一直到一九七九年国家下文件《关于招用闲散科技人员的通知》，鲁支书亲自把鲁杰老两口送上汽车，让他们到县里去应招，他才松了一口气。

九

有时候想想，鲁杰这一辈子像推磨，当初抱着老磨杆从家乡出发，进城市闯外国转个圆圈儿又回到了家乡。现在已经六十九岁高龄，抱着老磨杆离开家乡又出发了。虽然已是晚年，还是想挣脱前人给他留下的这条磨道。

汽车在山间行驶，一会儿跃上山坡，一会儿落入低谷，比历史还要曲折和坎坷。由于是代客车，车上没有座位，人们像一群鸡在笼里摇着。鲁杰老两口年高，被山里人让在前边抓着加高的车厢板。汽车上下起伏左右拐弯荡来荡去，白丽感到有音乐的旋律在山间回响。

鲁杰站在车上一声不吭，从接到通知到现在他一直一声不吭，沉浸在一种恍惚之中。和他作对的三十年时间像阴云一样忽然散去，他一下子觉得空了。现在坐在车上，他只有一种感觉，那就是轻。车轮下飞溅着毛驴的蹄声，当年离开家乡骑毛驴的情景一幕幕在山坡上闪过，那时候骑毛驴，现在坐汽车，走的还是这条路。山水依旧，而人已经老了。

他不留恋家乡，虽然家乡生他养他，但是他知道他不属于乡村，他属于城市。只有进入城市，他的才华才能放出奇异的光彩。一想到马上就要进入城市，他的精神开始舒展，在舒展中一点点亢奋起来。车还在路上，他已经在设计晚年的工作，他明白科学发展一日千里，不可能在原先的领域与别的科学家竞争，但他可以开辟一个新的研究领域，比如说对于人的生命的能源的研究。他知道属于他的时间并不很多，不可能找到这个能源的矿山，但他总可以向着这个方向辟出一条道路，给后人留下一串路标。如果能做到这些，也就心满意足了。

像几十年前他拒绝出国决心留下来建设新中国一样，他又开始鼓荡自己，并满怀豪情，又一次切入伟大，并沉醉在这种伟大感之中。

鲁杰的这种沉醉向我们说明，他只回忆知识不回忆生活，永远向前向前，刚离开乡村就一下抹去了几十年乡村生活的印象，全身心不设防扑向城市，扑向了未来。

从这一点上，我们发现他一直排斥现实生活，并不断把现实生活理想化，逐渐在心目中自我设计了一个非现实的世界。于是我们发现他要进入的那个城市，其实只是他心目中那个非现实城市生活的幻影。

到县城以后，没有马上配给他助手，没有请他进实验室，而是安排他到县防疫站当临时工。每月工资六十元，不转户口和粮食关系。老两口住在一间小平房里，门口屋檐下放一只煤球炉子做饭吃。这全因为他没有文凭。那些博士证书之类早在入狱后散失了，没有依据证明他具有大学专科以上文化水平，无法给他对号入座安排合适工作。在防疫站是试用，要等到他确实做出成绩证明自己具有大学专科文化水平，要等到组织上外调落实重新弄到博士证书的文凭，才能真正落实政策。要说县里能做到这一步，其实已经相当不容易了。但是，鲁杰还是吃惊地呆了。

"站长先生，"他问，"什么叫临时工？"

"老鲁，"站长说，"临时工就是还没有正式参加革命工作。参加革命工作要办正式手续，先批准，批准后要到公安局转户口，到粮食局转粮食关系，到财政局建立工资关系，把一个农民转成国家正式职工，那才真正参加革命工作了。"

鲁杰感到奇怪，参加革命工作就参加吧，还要分临时工和正式工，还要转户口，把农村户口转成城市户口。又没有出国，转来转去都还在中国，有什么用。

"站长先生，"他又问，"为什么叫我当临时工？"

"老鲁，"站长说，"虽然你没有文凭，但文凭可以通过外调补发，组织上相信你可能具有大学专科文化水平，就先让你当临时工。这只是过渡，你要安心工作。"

鲁杰明白了，因为他没有了文凭，当不成知识分子。有知识没有文凭就当不成知识分子，当不成知识分子就不能正式参加革命工作。他不明白国家搞经济建设是要分子还是要知识？再说他的文凭是旧社会英国人和美国人发的，一个堂堂中国人，要为自己的国家服务，却要外国人来说你行不行。他弄不懂这学问。原来他认为什么都懂，不仅懂中国的，还懂外国的，只外文他就懂七种，现在活到六十九岁上，却什么都不懂了。

他感到哭笑不得，人已经进入了城市，却因为越不过文凭这堵高墙，当不成城里人。原来只想着纸是叫人用的，没想到如今文凭这张纸能挡住人。空有这么多知识，却当不成知识分子。原来知识是一回事，分子又是一回事。这使他想起当年在海外留学有人掏钱买文凭回国当教授的事，怎么几十年过去，还在形式上打转转。从这个形式走向另一个形式，这样社会不就成了形式和形式组合的机关了吗？

在乡村时，他总感到自己不属于乡村而属于城市，于是他心里永远拥有一个城市，居高临下地俯视着乡村生活，使他不断产生战胜乡村生活的勇气和毅力。而今来到了城市，文凭又把他关在门外，切不进城市生活。他原来认为自己不是乡下人，现在又当不成城里人，就使他感到自己已经被消灭了。

偌大一个世界，他找不到放下自己的地方，只好天天坐在防疫站院中间花池的水泥台上晒太阳，拄着拐杖耷拉着脑袋闭着眼呆坐。又没有具体工作，有人问啥他说啥，说过就忘，连谁来问啥他说的啥，都没有心思记忆，也不属于记忆。他等待着，等待着组织对他的考核和外调，他开始着急后来也不着急了，因为着急没用。

这就出现了戏剧性的场面，有一天站长带着县委书记来向他祝贺为他庆功时，他不知道祝贺什么庆什么功。讲来讲去讲了好大一会儿，他才明白在他的指导下防疫站制造的植物生长素拿到上海化验鉴定，被认为是重大科研成果，《人民日报》还发了消息。他这才回忆起来，防疫站几个大学生捣鼓着玩，他让他们从当地的土蜂蜡中提炼出一种溶液，因为这种溶液喷洒在植物上，能使植物在没有阳光的夜晚产生光合作用，四分钟到六小时内，迅速使植物叶面浓绿肥厚，根部发育壮大，果实成倍成长。不过这算什么重大科研成果呢？

"唉，"他面对喜洋洋的县委书记和站长说，"这算什么玩意儿呢，我在入狱前就已经提炼过，只不过没来得及拿出去。"

他说得很淡，像谈起他曾经穿过的一件旧衣裳那样漫不经心，一点也没有感到激动。只是看到县委书记要走时，他才发现自己失了礼貌，连忙点头哈腰起身送出门外，对着人家连连说请原谅、对不起了。

鲁杰没想到，提炼出这种溶液，就算已经试用过他了，又不是自己提炼的，是几个年轻人提炼的，这却证明他具有大学专科文化水平了。县里马上给他又转户口又转粮食关系，当了正式工。并且，县委书记和县长还在招待所设了酒席，请他吃饭。

"鲁博士，"从植物生长素问世以后人们都管他叫鲁博士了，县委书记举起酒杯说，"要论年龄论学问，我们不配当你的学生。不过，我们对振兴洛宁县经济有信心有干劲，望咱们同心协力，把洛宁县经济搞上去。"

那晚上的酒席给他印象很深，使他感到共产党的干部们心好，知道给老百姓办事。并且也感到自己已经当了正式的城里人，不再是城不城乡不乡一个混鬼了。遗憾的是县里没有像样的实验室，更没有助手，不能开始对于生命能源的研究。几次话到嘴边，没敢说出来，怕说出来让当官的作难。再说也不可能，恐怕把县里的钱都花了，也建不起他需要的实验室。再说人家只关心洛宁县经济建设，并不关心人类的生命能源问题。

几个月过去，县委书记又来给他祝贺。他怎么也没想到组织上通过层层渠道外调调到了美国，美国人查到他当年获得博士的档案，并同意给他补发博士证书，让他写出书面申请，并寄去近照。

"鲁博士，"县委书记笑嘻嘻地说，"只要申请和相片寄去，就把博士证书补回来了，有了博士证书，就可以给你落实政策了。鲁博士，那时候县里就留不住您老人家了。不过，我们也不能本位自私，建设四化，全国一盘棋嘛。"

"鲁博士，"站长说，"美国这个生物化学博士证书一补回来，英国那两个证书就不需要了，有一个就足以说明问题。鲁博士，向您祝贺呀！"

为了这么个博士证书，组织上竟然费了这么大的力量，外调调到了美国，感动得白丽连连说："谢谢，太感谢了！"

但是，鲁杰却一声不吭。起初他像听一个童话故事听一个梦一样不敢相信，等到冷静下来确实相信这是真的了，心里又感到非常难过。动用这么多人这么多关系去补发这个破证书有什么用处呢？我们中国人的事情，为什么一定要美国人说了算呢？我们中国人给中国人落实政策，关他美国人什么事，要他们美国人补发证书，不就成了美国人给中国人落实政策了吗？当年留学海外的一幕幕生活浮现在眼前，在英国留学时炊事员侮辱他，不准他点菜，逼着让他说来一碗"李鸿章"；在美国留学时许多课不准中国人听，他是当年受尽了对华人的侮辱，才立志报效祖国的。

于是他说："你们的好心我领了，我已经参加革命工作了，政府叫我干什么我干什么。这个申请我不能写，那个破证书我不要了，我不能让美国人羞我。我已经七十岁了，我不落实政策，也不给咱中国人丢人。"

十

鲁杰拒绝申请补发博士证书以后，接连有人来访问他。

先是省里生物化学研究所的女所长，专程从郑州来到洛宁县防疫站看望他，到目前为止这是他遇见的第一个同行。他感到有点紧张，他知道这是一个真正的科学家。自己的学习和研究中断了三十年，他不能想象和同行相比他落后多少，可能是三十年，也可能是一个世纪。于是他集中精力，把没有光亮的眼睛瞪圆，准备回答所长的提问。这种紧张状态中还游移出来一点兴奋，他像学生接受老师的提问一样，明白这将是所长对他的考核，更是他自己对自己的考核。通过考核便能发现局限和差距，他渴望找到局限和差距，那样就找到了自己的位置。

"鲁先生解放前可是在上海就职？"

"是的，在上海。"

"有一个张无名先生你认识吗？"

"无名是我的助手。怎么，他现在在哪里供职？"

"你了解张先生的学历吗？"

"他曾经留学法国。"

"什么专业？"

"生物化学。"

"什么学位？"

"硕士。"

"你记得他的长相吗？"

"大个子，满脸胡子。"鲁杰忽然紧张起来，"所长女士，我老实坦白，我犯罪和他没有牵连，他只是我业务上的助手，他可是个好人哪。"

沉默了，屋子里弥漫着这沉默的回声。好久好久，这位五十多岁的女所长忽然放声哭了起来，捂着嘴哭着跑出了小屋，一下子把鲁杰老两口哭愣了。

女所长哭着离开防疫站，又哭着上了汽车。什么也不说，只把哭声留给了这山区的小县城。

她哭，是因为她在这里忽然见到了她一直想见的人。她曾经是张无名教授的研究生，多次听张先生讲到先生的导师鲁先生的学问和成就，不想在这偏远的洛宁小县见到了她导师的导师。像见到一个噩梦一样使她吃惊，而导师的导师却在这样的小屋里以这样的态度接待了她，她忍不住伤心痛哭。她哭，她在为鲁先生的身世和坎坷而哭；她哭，她在为这么大的科学家的遭遇而哭。

其实她错了，她认为鲁先生的生活痛苦不堪，而鲁杰本人并没有感到怎么痛苦。因为她没有这样的经历和体会，就觉得这经历这体会痛苦得不能忍受。而鲁杰亲身经历和体会了这种生活，却没有体会到痛苦，起码没有感觉到她想象的那样痛苦。

看起来痛苦这种境界是要凭想象才能进入的，依靠体会和经验反而切不进痛苦的最高境界，靠想象进入的痛苦才是真正的痛苦。

女所长哭了，而鲁杰不明白她为什么哭，就说明了这两者的区别和层次。

女所长哭了，这是一种很大的哭声。因为女所长是一位有文凭有地位的科学家，在社会上的影响大，她的哭声自然就比别人的哭声大。于是她的哭声托起了鲁杰的价值，省长听完她的哭诉以后，就推开日理万机的公务，离开省城，亲自来洛宁县看望鲁杰，并要把他从洛宁县接出去。

日理万机的省长亲自来到这山区小县看望一个科学家，自然惊动了许多人。出发时是一辆车，到洛宁县时已经是四辆车，各级首长都同来看望。

防疫站里忽然拥进了这么多大干部，站长慌得不知所措，不知道该如何说不该如何说，反而跑前跑后说不出一句话，甚至觉得站前边不对站后边不对站中间也不对，连站立的地方也找不到，于是在人群里像孩子一样挤来挤去，脑子里一片空白。最后看见鲁杰手掂火钳子正在换煤球，才找到了工作，接过火钳子替鲁杰弄煤火，让鲁杰进屋和首长们说话。

小屋太小，挤满了人。县委书记开始给鲁杰一一介绍各位领导同志，鲁杰连忙把手在裤子上蹭蹭，一一去跟领导同志们握手。握手的时候他哈着腰使劲笑着，他知道人家都是来接见他，不由得有些激动。几十年后他忽然一下子握到这么多又软和又温暖的手，他感到又自豪又自卑。握过手后他像个规矩听话的孩子那样，连忙往旁边站，把领导们往椅子上和床沿上让坐。

相比之下，白丽比他要潇洒大方得多，她一边口口声声尊敬地叫着先生，一边安排着座位。又张罗着冲茶，又张罗着让烟，残余的交际才华一下就放出了光彩。最后还把鲁杰牵过来按坐在床沿上，和坐在椅子里的省长相近。人们这才以省长为中心分出了层次，形成了谈话的格局。

实际上，到这个时候，省长来看望老知识分子鲁博士的这项工作已经完成。一个省长走进老知识分子的小屋，内容已经血肉丰满。在这里，没有形式和内容之分，形式本身就切入内容产生意义，形式就是内容，内容就是形式。

"鲁博士，让你受委屈了。"

"不不，我生活得很好，很好。"

"由于我们工作的失误，让你吃了不少苦。"

"不不，我确实犯过罪，我犯过罪。"

把这几句对话抽出来，既表现出领导同志实事求是的作风，深入重视落实知识分子政策，又表现出知识分子谦虚谨慎胸怀宽广通情达理，就锦上添花一般反映出这个时代的希望和精神。这不是歌颂，是这个时代的真实。最终，省长接走了鲁博士，省长要求各方协力，抢回鲁博士被耽搁的时间。

十一

地球有南极和北极，中间是个大磁场。设每百平方公里为一个地磁力单位，那么每个单位的地磁力不同，地磁力单位与单位之间便区别开来。相隔越远区别越大，这种区别直接和人的生命健康发生关系。人们常常从一个地方到另一个地方便睡不好觉或吃不好饭，俗话说水土不服，实际上是由于地磁力的改变所产生的影响。不过，有的人敏感，适应性差，有的人不敏感，适应性强。

鲁杰是对地磁力极敏感的那种人，经过和他本人协商，考虑到他的健康，组织上最后把他的工作安排在洛阳。洛阳距离洛宁县九十公里，基本上是一个地磁力单位，这样就节约了他对付适应地磁力变化要付出的消耗，他已经七十高龄，车况已经老化，燃料已不多了。

他所供职的这个单位，是专门从事研究生物化学的机关，机关里有一批年富力强的研究人员，鲁杰只担任顾问，并不要求他上班。让鲁杰兴奋的，这是一个拥有一流设备和大批专业科技人才的部门，他终于看到了他一直渴望的理想的实验室。于是他不安心当顾问，马上向机关领导申报了他的研究项目，那就是对于生命能源的研究。他急于投入工作，他太明白他的时间已经不多了。

他没有想到，他的申报项目没有被批准。考虑到他的名望和高龄，机关领导同志耐心地说服他，尽管语言非常拐弯，他还是听出来，有关领导否决这个项目的理由是因为这个项目是气功。就这样，他走进了研究机关，却又被关在了实验室外。

有关领导拒绝他的方式和态度令他感动，使他接受到一种尊重和友好的否决。但是一生的体会和经验告诉他，领导不批准的事情，就抹去了实现这个事情的一切客观条件和环境，再也不可能实现。不过他没有被说服，他甚至没有感受到被说服的力量。

他也早知道气功这个叫法，只是他一向认为像气功这类名称，是人们对于不可理解的生命现象的一种假定的代号般的称呼。像遇到别的不可知生命现象或自然现象一样，没法解释没能力解释就先取个名字存下来。而取个名字存下来并不等于解决了，只是暂时掩盖和宽容人们的无知和无奈，等待以后去研究去解决。久而久之反而健忘了，以后把这些存下的名称当研究成果而逃避再研究的劳动。人类在这里就显出了软弱无能和自欺欺人的滑稽可笑。这里明明有特殊生命现象的存在，他自身的特别工作状态就是证明，而存在的就是物质的，揭开这个现象的秘密，像当年发现电的存在一样，很可能给人类发现前所未有的最可观的生命的能源。

科学研究永远是探索和发现不可知的秘密，甚至他觉着人活着也是同样的道理，永远是为着寻找不可知的虚设的东西而奋斗，这样才能不断产生人生的滋味儿。人类凭寻找这种滋味享受这种滋味而支撑着生命的大厦举向天空和推动着命运的车轮滚滚向前。

于是鲁杰深深感到，他这一生不可能对科学有所贡献有所建树了，他甚至觉得什么都没有了，只剩下了他对科学的纯粹的态度。他对科学研究的态度，最终成为他一生科学研究的成果集成。

从这里，我们终于发现，支撑鲁杰一生命运大厦的只有一根巨柱，那就是他对于科学研究的纯粹的态度。他为之奋斗一生的全部精神的物质的财富，也只有他对于科学研究的纯粹态度。

虽然在具体工作中极忙，科研人员不断请教他各种各样的问题，他逢问必答几乎没能难住过他，他成了单位里公认的生物化学活辞典，人人尊重他。但是他却感觉到闲得难受，听这些问题和回答这些问题时，他觉得自己成了机器成了一本书，大家都来操作、使用和阅读他，而他自己却不能起动和运转自己。于是他便开始了逃跑，一有空闲就拄着拐杖逃出机关，来到大街上，选准十字路口处一个水泥台阶坐下来，一闭眼就什么也看不见什么也听不到，重新进入特别工作状态。他这样呆坐，常常一坐就是一个上午，甚至一个整天，经常需要夫人来把他牵回去。

他发现十字路口真是个安静的地方，由于人太多太乱，就谁也不关心谁，反而没有任何人来打扰他。只要一进入这个迷人的状态，他就觉得特别精神。灵魂是一回事，肉体又是一回事。灵魂常常越出肉体到处游荡，一会儿到洛宁山乡，一会儿到上海，一会儿到国外，一会儿又飞回来，进进出出，同时观赏着两个世界的风景。

这种现象持续到五年后的一个上午才终止下来。那天吃罢早饭他就急着上街，上街时他忽然对夫人说，你知道吗？我这一生和我爷爷斗争了一辈子，我没有战胜他，他也没有战胜我。说过这句没头没脑的话后，他一下对自己的话感到吃惊，他自己也不知道为什么要说这句话，怎么想起来说这句话，说得他自己也感到没头没脑。

出机关大门时，看门老头儿向他问好，他忽然又对人家说，你知道吗？我这一生和我爷爷斗争了一辈子，我没有战胜他，他也没有战胜我。这句没头没脑的话又说出来，为什么又说了一遍，他不知道为什么。逃到街上后，他还心惊肉跳，不明白今天是怎么了。因为这句话深深埋在内心的底层，是他自己常常对自己说的话啊！

他呆坐在水泥台阶上，扶着拐杖，刚闭上眼进入迷人的状态，就感到一种从来没有过的奇特的反应，就像有一条蛇开始从自己体内一点点往外涌，像长蛇蜕壳那样一下下涌了出来，蜕出了自己的躯壳，来到了自己之外。

他站在自己躯壳的旁边，感到从来没有过的轻松和舒服。试着走几步，心只要一动，脚还没动就已经走了，像是在飘扬。他回头走到自己躯壳旁边，觉得好奇，像观看别人一样在观看自己的躯壳。

这是一个七十多岁干瘦干瘦的老头儿，脑袋上挂一顶鸭舌帽，帽檐下长出一圈儿茅草般的花白头发，双眼紧闭，脸上纵横着岁月刻下的痕迹，手背上高跳着蚯蚓般的青筋，双手扶一根拐杖，坐在水泥台阶上一动不动，像一个蜕了的壳停留在那里，空空洞洞。

这就是别人说的鲁杰了，我在这里边曾经生活过七十五年。他望着这躯壳,像看着一座破旧的草屋或一辆破旧的汽车壳子,这才使他明白过来,人们几十年都把这老头儿叫自己,现在看它不过是自己的外壳。

形象点说,像手套那样,这外壳不过是灵魂的套。它紧紧套着灵魂像牢房困着罪犯,或像笼子围着小鸟儿。无论如何,这外壳不是灵魂本身。

他甚至忽然发现,外壳永远在制约着灵魂,灵魂永远在冲动着外壳,那么作为人这个单位,实际上是灵魂和外壳的集体。这就使他对人生有了进一步理解,原来人生由两部分组成,那就是外壳行为和灵魂行为。在漫长的人生旅途中,经常发生这样的现象,有时候外壳拖着灵魂行走,有时候灵魂冲动着外壳运转。在外壳主宰着这个单位时,行为是平庸的,在灵魂主宰着这个单位时,行为就发生杰出的表现。平庸的人生就是外壳行动,杰出的人生就是灵魂的运转了。原来人生是从这里来区别质量的。

他欣喜若狂,因为他第一次发现人的生命并不是只有一次,只有一次的是外壳,而灵魂永远存在,人的生命是永恒的。这就是生命的全部的秘密。

从此,他要开始最伟大的科学研究,那就是生命能源的研究。这个研究从探索生命的外壳和灵魂的关系开始,到任意更换或选择生命的外壳而告一阶段。通过第一阶段的研究,先解决外壳问题。那么这第一个阶段的研究可以叫作生命的外壳学……

十二

鲁杰死了。

我们这么说。

人们为了开追悼会,组织了治丧委员会,忙忙碌碌紧张地工作,只有他的夫人白丽十分平静。她擦干净刚刚买来不久的一架旧钢琴,抚弄键盘,整整弹了一夜。那琴声如丝如带缠缠绕绕起起伏伏洋洋洒洒在城市的夜空中飘荡,像白云一般挂满了高楼和树梢,溢满了整个城市的大街小巷。

一九九一年一月

封情感

一

　　我是乡下放进城里来的一只风筝，飘来飘去已经二十年，线绳儿还系在老家的房梁上。在城里由于夹紧着尾巴做人，二十年前的红薯屁还没有放干净。脸上贴一种纸花般的假笑，也学会对别人说你好和谢谢，但是总觉得骨子里还是个乡下人。清早刷牙晚上洗脚时，总盼望有人能发现，证明我已经刷过牙和洗过脚。

　　城里的街道很宽，总觉得这是别人的路，没有自己下脚的地方。往前走时感觉不到在走，总觉得是挤。好不容易挤过去，还要再挤回来。日月就这么重复着，把人的生命放在洗衣机里来回搅。只有风低低地吹过来时，才能追着风吻到那遥远的山坡和亲密的乡村，还有那温暖的黄土泥屋。

　　我常常有一种感觉，总会有那么一天，城里人把我看够玩够了，就会把我赶出去。那时候我就回到乡下去，肩起犁拐掂起鞭子，打着牛屁股，去翻起父亲们翻过的泥土。每逢集日掂半篮鸡蛋到街里去换回盐和火柴。养一棵桐树，将来给自己打棺材。可惜麦生伯害癌症死了，不然就可以跟着他学木匠,打棺材时不用请人。

不知为什么,当初爹和麦生伯在城里放着官不做,又没有犯错误,却跑回山里当庄稼人。 有时候就想,如果父母把我生在城里,我对这个世界,就会是另一种感觉。 我问过多次,他们都不说,好像这是他们两个人的秘密,和别人不发生关系。 时间长了,使你觉得他们就没有过去,只有眼前的日月。

麦生伯姓郑,住郑家疙瘩,离我们张家湾不远,中间隔一道坡,流一条河。 山坡上的树被人们一代又一代砍净了,露着肉的荒坡上只盘着些曲曲弯弯的小道,像黄牛身上缠绕着的鞭痕。 小河从深山里流出来,走过一个又一个村庄,摇摇摆摆流进前边的洛河;进黄河,奔大海,像人来自大地又回到大地那样曲折和坎坷。

虽然不一个村,但麦生伯常来,爹也常去,经常坐在一块儿拉家常拍闲话。 说说庄稼,也说说家里养的牛和猪。 有时高兴,爹从墙上取下大弦,扯着长长的弓,摇头晃脑使劲地锯,麦生伯就伸长脖子吼叫起来。 麦生伯的脖子长,唱起来又滚出几条很粗的筋,使我觉得他是在用脖子唱。 有时候心烦,他们一声不吭,只对着抽旱烟。 岁月在他们的烟锅里一点点燃烧为灰烬,然后举起来往鞋底一磕,就什么都没有了。

和成的面像石头蛋,

> 放在面板上按几按。
> 擀杖擀成一大片，
> 用刀一切切成线。
> 下到锅里团团转，
> 舀到碗里是莲花瓣儿。
> 生葱，烂蒜，
> 姜末，胡椒面，
> 再放几撮芝麻叶儿，
> 这就是咱山里人的面条饭。

在他们所有的唱段里，我喜欢这段"面条饭"。如果去说，这段唱里什么道理都没有；如果去听，这段唱里则好像什么意思都有。那扯开的腔里展开着庄稼人走过的长长的路，那曲曲弯弯的弦声里诉说叙述着山里人坎坷不平的人生。说不明白是生活进入了音乐，还是音乐飘进了生活。

他们唱，我跟着学，总唱不出那股味道。小时候常怪自己嗓子细，不明白是由于心里还没有悲凉的苦楚。

除了听他们唱戏，还喜欢麦生伯带我上野地里玩。我们走进坟地，把狼从坟地赶出来，看着狼大摇大摆从我们面前走过去，我就对着狼吆喝：

> 日头落，
> 狼下坡，

逮住小子当蒸馍，

逮住闺女当汤喝。

手里还提着麦生伯给我做的木头手枪。有麦生伯在身边，我什么都不怕。只是奇怪，既然有人，为什么还要有狼呢？那时候还不知道怕人，只知道怕狼。

麦生伯指着狼对我说不要怕，狼有吃人的心，没有吃人的胆；豹有吃人的胆，没有吃人的心。我问麦生伯，狼为什么想吃人又不敢，豹子为什么敢吃人又不想。麦生伯笑笑说，这些道理等你长大了才能明白。其实到如今我也不明白，只是不去追问这些话罢了。

孩子们不明白的事情还少，总想追问；大人们不明白的事情太多，也就不去追问了。不去追问，把一些话放在心里埋起来，这恐怕就是大人和孩子的区别了。

二

麦生伯发现自己害了癌症是那年秋后。麦生伯吃饭老往外吐，爹心里邪，害怕出事，就逼着他上县医院检查。这之前麦生伯的儿子小龙已经和我妹妹秀春订了婚，两家人亲上加亲，像一家人一样。起初麦生伯还高低不去，爹发了脾气，才逼着他上了车。

在县医院做胃镜检查时，爹在外边等。爹后来说麦生伯一进那黑屋里,他忽然两腿发软,浑身出汗,就知道这病不会有好结果。因为在我爷爷奶奶死前,爹都有过这种奇怪的感觉,一下就双腿发软心惊肉跳,满脸出冷汗。爹解释不了这感觉的道理,只是有这种感觉。

麦生伯走进那黑屋里,什么也看不见,定睛一会儿,才稳住了神。先喝下那白糊糊药,等了一会儿,才脱去衣裳给检查。检查完了后又到几个诊室去折腾。折腾完了,赶他出来,爹脸上的冷汗还没有落下去。

医生把门打开一条窄窄的缝,叫:"谁是郑麦生的家属?"

爹站起来说:"我。"

医生说:"进来吧。"

爹先挤进了那门缝,麦生伯也要跟进去,被医生谢绝了。医生顺手碰上门,那门板差点碰上麦生伯的额头。

医生看着爹的打扮,在里边又显得很严肃很郑重地问:"你叫啥?"

"我叫张树声。"

"你和郑麦生啥关系?"

"他是我哥,我是他兄弟。"

"你姓张,他姓郑,怎么是兄弟?"

"大夫有啥你尽量说,我们和亲兄弟一样,我能当住他的家。"

"唉,"医生说,"根据目前情况看已是胃癌晚期,回去准备后事吧。"

爹接过那几张检查单,像接过一块砖头那么沉重,久久说不出话来。

医生又劝他:"别难过,不要告诉病人,会影响病人情绪。"

爹点点头,又把那几张写有检查结果的单子放回桌子上。他没有勇气把这些单子带回家。但是奇怪,浑身的汗落了,心里冰凉冰凉,他知道麦生伯走到了路尽头。

不过,爹一辈子经历的事太多,知道在这个世界上,好人并不一定有好报,老天爷并不公平;既然认定是癌,也就冷静下来。在黑屋里待了一会儿,出门时已经是满脸笑容。他拉住麦生伯的手就走,像什么事都没发生一样,走出医院就轻松地说说笑笑起来。

"他妈的,真是虚惊一场。"爹哈哈笑着说,"我怕是癌,原来是啥胃炎消化不良。"

"日他妈我想着就是消化不良。"麦生伯也笑了,"人吃五谷杂粮,还能不出点毛病?"

他们两个说着,走到县城大街上。看着大街上车水马龙,爹忽然觉得心里难受。麦生伯是条硬汉子,瞒着他,太看不起他。再说,能瞒到啥时候?总有一天他要知道的。说明了,又不忍心。于是,就站下来,看着麦生伯的脸,心里没了主意。

"你看着我干啥?不认得?"

"唉，麦生哥，我看他妈的给你实说了吧，反正你这老家伙啥都能看得开。咱这病刚才大夫说了，可不是胃炎消化不良。"

"是啥？"

"是癌。"

"狗日的你这老家伙还想瞒我，大夫叫你进去我就看出来了，你不说我也知道了。"

"咋？你在门外偷听了？"

"那还用说！"

两个人都哈哈大笑起来。

爹然后满不在乎地说："癌也没啥了不起，又不是翻人家墙头偷人家大闺女小媳妇，害病不丢人。"

"有啥了不起？"麦生伯也笑着说，"这病别人能害，咱也能害。反正不害这病害那病，都是死。"

"反正不能长生不老。"

"不是是啥！"

"打土匪时死了那么多弟兄，还不都是二三十岁？叫我说，麦生哥，咱又活了这几十年，已经是便宜了。"

"不是是啥！"

爹突然心里一热："咋弄，去哪儿？"

麦生伯说："你说上哪儿就上哪儿。"

爹说："上酒馆，喝一杯！"

麦生伯一拍大腿乐了："他奶奶的，喝一杯！"

两人进了酒馆，要了四盘菜一瓶白酒，喝了个痛快……

从县里回来，麦生伯一个月后就躺倒了，一躺倒，再没有起来。一个人的命就像树叶那么轻，风一吹霜一打，说黄就黄，说卷就卷，说落就落了。

人一死，什么都没有了。

只有风低低地吹过世界。

三

那年我们家修房子，麦生伯身体还强壮，跑来做泥水匠。我从城里赶回去帮工，因为修房子在我们老家是件大事情。

我们那儿山里人，一生就三件大事：修房子、娶媳妇、生孩子。这就是我们山里人的全部事业和辉煌的前程。他们不知道也不去想还有别的什么，只为了这些脸朝黄土背朝天，土里刨食，一代又一代。

我们家乡的房屋分两类：瓦房和草房，很少有窑洞。但全都是黄土泥墙，站在山坡上去望我们的村庄，就像一群黄牛卧在那里晒太阳。不断有山风吹歪一股股炊烟，就像黄牛们举起来的尾巴。

房墙大都由土坯先垒起来，外边再抹上黄泥。黄泥里拌有麦草，它们是泥墙的筋肌，手挽手把着不让风雨吹打进去。常年的雨水洗干净麦草的脸，天晴时麦草上便反射出金灿灿的阳光。

这种墙的好处是可以更换，屋宇用木柱架起来撑着，墙倒屋不塌，过许多年，人们闲下来时，就把老墙扒掉，当肥料送进田里去养庄稼。这种肥料叫壮土，劲儿很大，在肥料中算上品。然后再用新土做成新墙，十分方便，又给人一种新房的感觉。

不知为什么，在我们家乡，庄稼人极少用砖做墙，过去的大地主富户也只用砖做个墙腿以显排场，都不肯一砖到底，只有一些老庙宇例外。这些神仙住的地方才完全用砖做墙，而且一砖到顶不见黄泥，和庄稼人住的黄泥墙屋形成鲜明的对比。好像只有神仙才能脱离土地，飘出人间飞上天空。爹和麦生伯都对我讲过，这是老辈人的古训，人是土物，离不开土。如果细细去追踪，这话里好像有些什么神秘的启示，在深深地揭示着人和土地之间一种生命的联系。这个联系从现实世界到精神世界，无处不有，能使人联想到漫无边际。

不过在家乡时，并没有觉得住那土屋有什么好处，除了比城里的房子多一些老鼠洞，并没有别的优点。一直到在城里住了许多年后，才逐渐体验到那黄土泥屋的温暖。具体说，那只是心灵上一种温暖的感觉，住在家乡那黄土泥屋里永远有一种躺在母亲怀抱里的安全和幸福，而且这感觉是住在城市的楼房里体验出来的。于是每每从城里远远地返回那乡村，走进那黄土泥屋，就像一个大人又回到婴儿的世界。

在这里见人不用说你好和谢谢，谁要感谢谁，见面不用说好听的话。这就使我在城里活得很累，我害怕城里人。

我小时候怕狼，现在害怕城里人。

麦生伯给我们家干活儿不要工钱，又特别卖力气。每天早早上架子，吃饭时才下来。撒尿时就解开裤裆掏出家伙，往墙上滋，好像满世界就他一个人。

那时候他已经死了老伴，里里外外一个人，经常吃不上应时饭。妈妈心细，每顿饭都给他碗底卧一个鸡蛋，想补补他的身子。爹让我每天都给他衣袋里塞包烟，让他随便抽。而他并不常抽，却喜欢把纸烟像旗帜一样夹在耳根。他还把抽剩的烟屁股留着，剥去外边的纸，把烟末装进旱烟锅里。他在替我们家节省，他知道这纸烟都是用钱买来的，而钱又是用汗水换来的，能省一点是一点。庄稼人就这样，啥时候都是细水长流过日月。

那几天活儿紧，人累，但夜里全不急着去睡，一定要聚在一块儿拍闲话。因为我从城里回来，麦生伯想听我说外边的事情，晚上也不回郑家疙瘩，就住在俺家。拍闲话时，爹爱坐在木圈椅里，脚蹬住桌边儿。麦生伯爱躺在床上，扛着被卷儿，把一双臭脚蹬在木圈椅的靠背上，差一点就放在我爹的肩膀上。只有点烟时才起身，把旱烟锅对住灯头儿，把灯头火吸得一会儿倒下去，一会儿又站起来。

"娃子，"麦生伯有天夜里忽然问我，"你说，咱中国老富不起来，这是他妈的啥问题？"

"中国地大，人多呗。"我说。

麦生伯重新躺下去后，自己讲起来："闹土改斗地主时，咱们去发动人家，就说咱们共产党是为穷人们服务的。现在还这么说，还说是为人民服务的，咱共产党是人民的服务员。可要是咱共产党的干部们比群众吃得好穿得好，群众咋会相信咱？不相信，就不能上下一条心；不一条心，就搞不上去。"

爹说："可是总要有人去当官儿。没有官儿，就没有人管；没有人管，天下不就乱了？"

"可是谁来管这些当官的？"麦生伯说，"有些官儿要是不好好服务时，咱老百姓管不住他们，时间一长，不就生外心只为自己不为国家了？所以我还是那句老话，咱们的官儿，是凭良心官儿。"

爹说："一定要想个办法，让群众一发烧当官的就头痛，群众一肚子痛当官儿的就拉稀屎，这才能心连着心命连着命。这个社会主义搞好了，保险能搞过资本主义。"

麦生伯叹口气说："唉，这个办法可不好想。咱老两个想了几十年，还在这原地转圈圈儿。"

我这才明白，他们这些年来想得很苦，虽然脱离革命队伍回家当了庄稼人，却并没有停止过思考。

麦生伯那晚上的话一字一句如一块块石头压在我心上，直到他死后，也没能够放下来。虽然这些话很家常，我却知道这里边的深刻内容。我不知道什么时候才能去到麦生伯的坟地，对他说您安息吧，您想了一辈子的问题，现在解决了。

太阳每天都从东方挺灿烂地升起来，每次都放射出万道金光一样，难道这一天很遥远很遥远吗？

四

证实自己是癌症后，麦生伯不让爹对外人说出去，他说还有些事情要办。回家以后，先放倒家里那棵桐树，亲自拉锯，把这棵桐树截成二寸厚七尺长的棺材板。然后又用麦糠火把木板烘干，这时候他觉得自己没了力气，翻动那棺材板时已经张口喘气头上冒汗。他知道自己没有劲把棺材做成了，才买来二斤点心，去请来木匠。匠人们一上工，乡亲们才明白这是为什么了。

他本来准备亲手把棺材做好，他知道自己个头多高，怎么样躺进去舒服。再者做棺材要花不少钱，他不想再多浪费。给别人做了多少棺材，给自己做个棺材不算什么，要不了几天工夫。怎奈实在是力不从心，才请了人。等到做棺材的匠人们开工以后，麦生伯便浑身像软面条一样倒了下来，再也站不起来了。开始还多少能喝点稀汤，慢慢地越来越吃喝不进去了。

麦生伯早早死了老伴，儿子郑小龙才二十二岁，和我妹妹秀春还没有结婚，没过门的媳妇不能常住在婆家侍候公爹。白天去干点活儿，夜里还要赶回俺张家湾住，住在郑家别人要说闲话。在山里，名誉是女人的命，比什么都要紧。爹每天下午都在山坡下等，一直到太阳落山后，看见山坡上秀春的影子，才放心地回家来。

这样，病人家就没有女人料理，多亏了麦生伯的妹妹郑麦花，放下婆家的一摊子，住回娘家来侍候哥哥。按乡俗称呼，我们这晚辈人都叫她麦花姑。

麦花姑已经五十岁了，老实人一个，虽然手脚并不精巧和麻利，但心肠极好。每日洗洗涮涮，一边侍候哥哥，一边给做棺材的匠人们做饭。还要张罗着给哥哥缝制老衣，里里外外忙得团团转。她不怕忙，亲兄妹吃一个奶叨大，爹娘下世早，基本上是哥哥把她拉扯着成人。老嫂比母，长兄比父，她最敬最亲哥哥。但使她难受的是自己心眼儿太实，拐不过弯儿，从小哥哥只待她好，侍候她吃喝，却不怎么和她说话。如今哥哥躺在床上，眼看着一天不如一天，死在眼皮子上了，总是唉声叹气明显有心事放不下，她就是问不出来。为此她伤心极了。

这时候她又坐在床边，慢声细语给哥哥说话。

"哥，棺材在原来生产队的院子里做，那里地场大，宽展，啥都能拉得开。"

"我知道，我去看的地方我知道。"

"匠人们可卖力气，还刻了木花，前边刻龙，后边刻凤。老师傅说解放时跟着你打土匪，拉锯还是你的兵。"

"我知道，我什么都知道，我也听见斧头响了。"

"哥，你放心，老衣也在缝。七件，咱小龙孝顺，还给你买了件军大衣。嫂子们还在枕头顶上给你绣花，一头绣着日头和云彩，一头绣着月亮和星星，是地道的阴阳枕。"

"屎！这些鸡毛蒜皮事，你认真干啥？"

"哥，我们都想好了，等你百年之后，无论如何也要把俺嫂子的骨头起出来，跟你合葬。"

"唉，你都操这些闲心弄啥？人死如灯灭，合葬不合葬，有什么要紧，费那功夫干啥？"

"哥，你到底有啥心事，也说出来给妹子听听。妹子再没有能耐，也总还有心。你啥也不说，我知道你想啥？"

麦生伯有点不耐烦了，闭上眼睛，不再搭理自己的妹妹。好一会儿沉默，他才摆摆手说："饭不是做好了吗？做好了给匠人们送饭去吧。我啥心事也没有，你也别再胡思乱想了。你一辈子没心秤，能知道点啥。"

郑麦花看着哥哥心烦，连忙抹一把泪退出来，收拾好饭篮，提着去给匠人们送饭。

已经是初冬，西北风小刀子一样往身上刮。村里人闲下来，不少庄稼汉袖着手缩着脖子夹着膀子在背风处晒太阳。牛吃饱了草，被牵出来拴在小树上，几头牛卧在地上慢慢地嚅动着宽大的嘴巴，一点点往外倒沫儿，一边倒沫儿一边悠闲地卷起尾巴在空中缭绕。

场房屋在村边上，过去生产队红火时这里极热闹，又是粮库又是开会的地点，差一点就是政治经济文化中心了。现在那破墙上还留着"文化大革命"时的毛主席像、造反派写的标语。不过墙已经老了，伤痕累累，已经破败，这场房屋便像过去的一团影子飘在这里。现在闲下来没有用场，人们常借来做活儿用，麦生伯的棺材就在这儿做。

匠人一共三个，老师傅带两个小徒弟。棺身棺盖已具规模，两个小徒弟正用细刨子刨光打磨，准备上漆。老师傅正手握雕刀一心一意地刻花，老花镜滑落在鼻尖上。

老师傅旁边有一堆火，一来用它取暖，俗话说屁暖床烟暖房，人坐在火边心不冷；二来用它温胶，几块石头架着一只胶锅，胶锅里有一把胶刷，是那种用竹笋叶捆起来砸碎的胶刷，过胶后黄亮透明。郑麦花提着饭篮进来时，都正在用心做活儿。老木匠只翻眼看了看，没有说话，好像吃饭这些事目前不大重要，他的一颗心都在刀尖上。

郑麦花把饭盛在碗里，屋里便飘起油葱花的香味儿。她双手端给老木匠，老木匠这才接住饭碗。郑麦花又要给两个小徒弟盛饭，被老木匠拦住了。

"麦花，你也坐下歇会儿腿，叫他们自己弄。"

等着木匠们用心地吃饭，郑麦花由不得看着棺材心里难受，忍不住又说："活儿做好些，活儿做细些，可怜我哥受了一辈子罪，让你们受累了。"

这话，郑麦花不知说多少遍了。老木匠听见，认真地点点头，吃完饭他抹把嘴后，才忽然对郑麦花说："有一点可要说清楚，我这回做活儿可是破了规矩，在这棺材头的龙身后刻了一面红旗。麦生兄弟当过我们连长，我想这么刻。不管你们家同意不同意，我都这么刻了。"

老木匠说完眼潮潮的，痴痴地看自己刻的那面红旗，去看那红旗上飞舞腾跃的龙……

郑麦花连忙答应下来："好，好。其实我啥规矩都不懂，只要你看着好，就好。"

她真的许多事情都不明白，她只知道吃饭干活儿，给男人过光景。但她知道哥哥的为人，庄稼人看得起她，常常说这就是郑麦生的妹子。老木匠的几句话，使她又一次为有这样受人尊敬的兄长而骄傲；又一次感到可亲可敬的兄长就要死了，天就要塌下来了。

郑麦花低着头走在村路上，村路弯弯，像牛绳一样缠来绕去，拴住了一个又一个的黄土泥屋。

五

郑麦花送饭回来，走进院门，远远看见小龙站在病人的屋外边。郑麦花走过去，郑小龙连忙拦住她，对她又打手势又摇头，不让她往里闯。她不知道发生了什么事，一直往里走，郑小龙只好拉她过来，悄悄对她说，麦旺叔来了，在这里屋与爹说话呢。她才停下脚步，姑侄两个默默站在门外，听着里边的动静。郑麦旺是村长，他们多么希望村长能打开病人的心扇，让亲人们心安。

屋里边，郑麦旺已经坐在床边，拉了拉病人的手，又把这软塌塌的手放进被窝里，点着烟，一边抽一边往外一串串掏垫肠子话。

"麦生哥，"郑麦旺说，"你也六十开外的人了，啥事心里都要想开点儿，人生在世就这么回事，早晚都有这一回。谁也躲不过，你说是不是？"

"麦旺兄弟，你放心，人活七十古来稀，啥道理我都明白，没有啥。"

"麦生哥，说起来我是村长，在办官事。可是当初是你介绍我入党的，其实关住屋门，咱说家里话，咱还是姓郑一家人，你是我哥，我是你兄弟。咱今儿个说说，我麦旺啥时候不听你麦生哥的？"

"说这叫啥，该咋是咋。"

"麦生哥，办官事我有点私心，有几场事为占便宜弄得不美气，哪一回你训我都像训牲口一样，我哪回给你记过仇？到头来还不是乖乖听你的，连个屁也不放。所以我说，你有啥心事不方便给家里人说，给兄弟我说说，不能让一家人干着急呀。"

郑麦生两眼看着黄土泥墙，不接他的话。

"麦生哥，咱麦花妹子人虽老实不会花言巧语，是个没嘴葫芦，但心肠好呀。我看侍候得你也不赖，端吃端喝端屎端尿，也尽了心。咱小龙虽没成家，还是个娃娃，我看给你请大夫办老衣，料理起事情，比个大人还懂事。你也该知足。人活一辈子啥叫值，我看这就叫值。走在人前有人敬，走在人后有人想。公道不公道，打个颠倒，麦生哥，你说是不是这个理？你平常不是也常这样劝别人吗？"

郑麦生眼从那黄土泥墙上移过来，久久看着郑麦旺。

郑麦旺不慌不忙地抽烟，说几句话，故意停下来，让病人在心里想想。

"麦生哥，我知道你这一辈子太硬气太刚强，啥话都不说，万事不求人。可是我是你兄弟，我还不知道你心里想着啥吗？今天我给你明说哩，这几天我没有来看你，我可给你办了件大事。"

郑麦旺说完故意得意扬扬地看着郑麦生，掩饰不住心头的喜悦。

郑麦生问："麦旺，啥事体？"

"麦生哥，我知道你嫌咱院小没地场儿，房屋太窄，不能种树，也不能放手养猪养鸡，不是个过光景的场儿。怕将来小龙结了婚，过得不如人。所以，这几天我看好一块地皮，就和我那新院子挨着，三分半大，能盖三面房，也朝阳也亮堂，又离大路不远，出路也好。我在村里弄了个证明，又跑到乡里盖了章，给你办好了地基。麦生哥，这一回，你该放心了吧？"

郑麦旺说完，从口袋里把地基的表掏出来，小心地展开，把这张村里庄稼人都望眼欲穿的宝贝纸递到郑麦生手上，然后高兴地说："麦生哥，我亲手交给你，你交给咱小龙。"

郑麦生双手拿着这张表，两眼闪闪地看着郑麦旺。亲兄弟吃一个奶叼大，也不过如此吧，便久久说不出话，定定地看着这同族的兄弟，这郑家疙瘩的村长。

"麦生哥，我想这宅基和我的新院子挨着，就是将来没有了你，还有我呢，我吃碗稠的，总不能叫小龙他们喝稀的。我替你照看孩子们，你就放心吧，啊？"

"麦旺兄弟，真让你难为了，我知道这玩意儿难弄。将来有你们照看小龙，我再放心不过了。"

"看麦生哥说的，别的本事没有，孩子们我还能照拂好。村长干不好，给咱姓郑的当看门狗，还行。"

说到了动情处，郑麦旺两眼潮潮鼻子尖也酸酸起来。毕竟在一块儿生活了一辈子，春种秋收，脸朝黄土背朝天土里刨食，结下了深厚的情谊。现在，眼看着人就要去了，而且一去不返永不能再相见，使人感到天下的路长、人生的路短。一晃几十年过去，再追不回往日的岁月了。

两个人默默地望着，在这生死离别的地方，你看着我，我看着你，任凭两眼燃烧着兄弟之情的火花，两个人之间只觉得心越来越近了。

郑麦生的眼神由激动转向平静，好久好久才淡下来，苦笑着对郑麦旺摇了摇头，这才慢慢地说："兄弟，我知道你，不但有本事，心肠也好。这心意我领下了。只是这宅基并不需要，房屋虽小院地虽窄，也还够小龙住的。咱村这些年盖房太多，耕地越来越少，我也不是觉悟高，凭良心说能省地还是省点地，给后代人留一口饭吃。这表你拿回去，我不要了。"

郑麦旺怎么也没有料到，郑麦生能退回这张表，能说出这种话，说什么也没想到。他郑麦旺并没有猜透病人的心事，这让他又失望又伤感，他心里一下子就空了，只好慢慢把这张纸卷起来，无奈地走出屋子。

等在门外的郑麦花和郑小龙眼巴巴地看着他，他无力地摇了摇头，低下脑袋，双手背后托着小大衣往院外走。姑侄两个送他到院外边，他什么话也不说，一步一步向前走去。已经走出去十几步远，郑麦旺忽然心里一动，又拐回头，对郑小龙说："小龙，你去趟张家湾吧。"

"麦旺叔，"小龙不解地望着郑麦旺说，"去张家湾干啥？"

"去请你老丈人来一趟。我想了，你爹的心事，也只有树声哥知根知底儿。你去对他说，就说我请他来，总不能让你爹就这么可怜地去了。"

"好，我一会儿就去。"

"不，你现在就去。麦花，你偷空儿也歇会儿，不能这么熬，看把你熬出毛病。"

"麦旺哥，不要紧，您回去吧。"

"缝老衣那边，由你嫂子照看，我交代过，不会出差错，你不用管。"

"哥，回去吧，嫂子在那儿，我放心。"

姑侄两个站立在院门外，一直看着郑麦旺低着头背着手慢慢地走去，郑麦旺脚步笨笨的有点斜，也斜出老年人的老态来。这时候太阳已经有点偏西，冬天里日头短，阳光一眨眼已走出院子爬上了院墙。

墙头上有公鸡追着阳光踮着脚小心地走。

西北风轻轻摇着树梢儿。

六

郑家疙瘩离俺张家湾也就几里路，翻一面坡就到。平时放牛，两个村的牧童经常在山头上相会，比赛着甩鞭子。平时干活儿，地界挨着地界，老头们也聚在地头，烟锅对着烟锅点火抽烟。当然也发生争执，双方呼腾腾站出来十几条小伙子要拼命，便由两边的老年人推开，从中间说和说和，彼此让根纸烟，就烟消云散了。

小龙弟弟赶到俺张家湾时，太阳还没有落下去，正蹲在西山头回首相望，于是晚霞便烧红了半天的云彩。做晚饭的炊烟刚刚升起来，叮叮当当的风箱声在村巷里溅来溅去。粪堆上的鸡群刚刚散开，正慢慢地摇摆着身子，走向自家的鸡窝。

爹正在屋檐儿下给牛拌料，冬天里山坡上没草，要在家里喂养。他给牛料桶里兑上热水，又丢把盐末，这才伸手试试水温，并把指头放在嘴上，伸出舌头尝尝咸不咸。他做这些活儿一贯非常认真，总觉得牛干了一年活儿，冬天里难熬，不能亏待它们。爹常说牛是庄稼人半个江山，虽不会说人话却通人性，也是家里一口子，要以心换心。平时犁地赶车，爹手里的牛鞭子总爱在空中绕来绕去，轻易不抽在牛身上。土地把人和牛的感情紧紧地联系在一起，相依为命，耕种着未来和理想。

小龙帮着爹把活儿干完，才开始说话。未来的小女婿进了丈人家门都勤快，这是庄稼人的特点。小龙说话，爹抽着烟只是听，也不问。爹听完后也不表态，不说去，也不说不去，让妈妈和秀春先给小龙做饭吃。爹心细周到，知道这个时刻小龙肯定是忙里忙外吃不好饭，先稳住他，叫他好好吃顿饱饭。一个女婿半个儿，爹嘴上不说，心里却疼着他。

等小龙吃过饭，爹才说，我还有点事，一会儿再去，让秀春送你先回去。并大大方方叫秀春，送送你小龙哥。

爹这么做，是让他们说说话，给年轻人一个机会，让他们多接触接触，建立些感情。爹不允许他们像城里人那样随便谈恋爱，害怕败坏门风，却经常创造出一些机会，让他们大大方方地多接近接近。

我常常觉得爹什么都明白都懂，比任何人都开通，但是有一条，你必须接受他的安排和计划，决不允许你越出他的轨道，只能在他的操纵下运转。这就是爹。经常使人想到爹是一个鸟笼，儿女们像鸟儿一样在笼里有吃有喝，自由自在，在笼里跳上跳下却展不开翅膀，渴望着外边的天空。爹像一个鱼池，儿女们像鱼儿一样在池里游来游去，却见不到江河大海里的风浪，渴望着那江河和那大海。我有时候甚至想，爹把儿女们养大成人，很难说是为了儿女们，还是为了他自己。这时候我便觉得自己不孝顺，有了深深的罪恶感。我不敢再往下想，因为我做过噩梦，爹像一座山压着我，压得我喘不过气来……

一直等到秀春送罢小龙回来，爹才掂着小烟袋出村。这时候天已经落黑，远山已漫进夜雾里，天上的红云已渐渐暗下来，几颗不驯的星星已挣扎着跳出来。喧闹的白天已走到尽头，夜晚已张开温暖的怀抱搂住了山山水水。

爹走进郑家疙瘩时，在村头碰上蹲在那儿的郑麦旺，他显然在等爹。两个人一块儿走进村子，直奔麦生伯的院子。走进院子，郑麦旺停下来，并拦住郑麦花和小龙，三个人不再往病人屋里去，只让爹一个人进去。

爹自然是走一路想一路，把什么都想到了。但一走进病人的屋子，却像换了一个人，也不问病情，劈头就对他笑着骂起来："麦生哥，你咋还没有死哩？"

"没有嘛。"一见爹的面，一听爹的话，麦生伯马上就有了笑脸，"阎王爷去开会还没有回来，我还没有接住通知。狗日的，你可等着急了？"

"死吧死吧，我都等着急了。"

"我才不着急呢。我正托人给阎王爷走后门儿，准备把你也捎上。"

"不行不行，还是你先去，到那儿给我多占个位儿，我去了就不用排队。"

"狗日的啥会儿你都比别人日能，又不是看电影看戏，我才不管你的闲事呢，人都是和自己近，各顾各，我不给你占位儿，你去了自己挤吧。"

老朋友之间一说一笑，生死在他们心里一下就淡下来，淡如一杯白水。也许生死原本就很淡，因为有些人把它们看得太重，它们才显得重要，于是这个世界才发生那么多的丑恶和美好。

慢慢地，他们才说起正经话，又说起他们常说的老话题。还是麦生伯先说："树声兄弟，这几天我躺在床上想遍几十年，你说咱两个当初要不回来，这会儿也起码是县团级了吧？"

"少说也是县团级。"

"穿黑皮鞋，披呢子大衣，坐小汽车屁股冒烟儿，这都是小菜儿。"

"那当然，说不定比这还阔呢。"

"老实说，兄弟，你后悔不后悔？"

"不悔，我啥会儿都不悔。"

"为啥不后悔？"

"狗日的咱当初动员穷人们闹土改时，咱说的啥排场话，你忘了吗？"

"对了，咱们发动群众，打下一个寨子就站在那碌碡上讲，我们是为穷人们办事的。咱从来没想过，让别人去冲锋陷阵，为了咱当县团级。"

"是呀，咱那时候啥也不想，只想着打掉国民党，剿完土匪，让老百姓过好日月。"

"对了。可是后来这几十年，我嘴上硬，心里确实也后悔过。咱们就不说了，看着孩子们跟着咱穷，我心里确实后悔过，觉得当初把官帽白白扔了，有点对不住孩子们。你动过这心没有？"

爹不言不语看着他。

"老弟，我快死了，你对我说句实话。"

"后悔过，人非圣人，还能不想七想八？不过，我还是会想，咱要为享福，咋对得起死去的那么多兄弟？"

"对了，这就他妈的对了。这几天我想了个遍儿，还是不后悔。因为咱当初说过排场话，过后革命胜利了，咱也没享福，还是庄稼人咋着咱咋着，咱没有比庄稼人多吃一个鸡蛋多抽一根纸烟。"

"这就是咱们的不后悔。"

"对极了，对极了。"

"就是咱们没有把这个问题想透，老是受症。咱们老说咱是人民的服务员，人民是咱们的主人；可是服务员老是比主人吃得香穿得光，闹得人人都想当服务员，不想当主人。

这问题苦没有办法弄。"

"唉，我可是再不想这个事了，因为我快死了，以后你一个人慢慢去想吧。"

老朋友一说到这个老问题，就打住车，几十年来他们思索的野马一次也没有冲破这道墙，这儿简直是鬼打墙，永远挡住了两个老党员两个庄稼老人的思路。

爹心里一动，觉得这时候不应该再折磨他，人要死了，要让他高兴高兴，就伸手取下墙上挂着的大弦，吹去上边的灰尘，用袖子揩净弦杆，一试弓，就拉出了弦声。

"你要干啥？"

"麦生哥，你也快死了，今夜黑儿咱们两个再耍耍，唱也唱不了几回了。你这腿一蹬眼一闭，我找谁耍去？"

麦生伯乐了："狗日的你这个侉头儿，有你这样的吗？人家还没死，你就来送我。你没看我有出气没进气，还能唱动吗？"

"别狗日的装蒜，"爹说，"我知道你十天半月死不了，你唱不动，我自己拉自己唱，你在心里跟着我哼还不行吗？"

"狗日的好极了，好极了！"麦生伯兴奋起来，"我就是想听你唱，咱死也落个快乐死。"

爹运满弓，先拉出长长的过门儿，弦声便如那黄土高坡的小道，曲曲弯弯，起起伏伏，又如山间流水，时而卷起浪花，时而直泻而下，流进了静静的夜晚。

屋里这么一闹,把屋外边的郑麦旺他们闹呆了,他们万万没有想到,这两个过心的朋友说着说着又唱起来,再也想不着他们要干什么了。

七

  和成的面像石头蛋,
  放在面板上按几按。
  擀杖擀成一大片,
  用刀一切切成线。
  下到锅里团团转,
  舀到碗里是莲花瓣儿。
  生葱,烂蒜,
  姜末,胡椒面,
  再放上一撮芝麻叶儿,
  这就是咱山里人的面条饭。

爹放开嗓吼着唱,弦声和心声像水和面一样和在了一起,像有一串串玉谷穗儿和红薯块块带着泥土的腥气从这弦声里滚动出来,跳出屋门跳出院子,流向村巷里的各家各户。 乡邻们不少人走出院子,站在那里倾听。 庄稼人还没有见过这样奇怪的朋友,一个人要死了,一个人还来唱戏。他们听着这如泣如诉的弦声,似乎感到了什么,品出了这音韵的味道，又似乎什么也品不出来……

音乐这个世界，并不是什么人都能走进去的。

唱过这段，爹便放下了大弦，不再接着唱。其实爹会唱许多的戏文，但他知道麦生伯就只喜欢这一段，能咬仙桃一口，不吃烂杏一筐，适可而止。于是爹放下大弦，小心地把弓收好，挂上了墙。

"麦生哥，唱得不赖吧？"

"听你唱这一回，死了也不亏了。"

"死，你可别吓唬我，你吓唬别人行，吓唬我，我可不买账。咋弄，说正经事吧？"

麦生伯不解地望着他的老朋友，他听不懂爹的话，也猜不透爹的心事，只默默地望着他。

爹上前一步，坐在床沿上，慢悠悠说起来："麦生哥，我知道你十天半月死不了，你也知道我张树声这人心狠。我想趁你现在没死，再给我办一场事。只再办一场事，怎么样？"

麦生伯乐了："狗日的你这个侉头儿，我都这模样了，还能给你办啥事？"

"能办，这事天底下也只有你能办，换个人，还办不成呢。"

"啥事，快说，看你说得多玄乎。"

"啥事？你老东西只想着胳膊腿一放一蹬死了美气，你就不管娃子们的事了？"

"娃子们怎么了？"

"你别装糊涂了。"

"我装啥糊涂？"

"麦生哥，我不管你死活，说到天边儿，我也不饶你，你死前得把我闺女秀春娶过来，看着他们成一家人，有了小光景，你再走好不好？"

麦生伯一下收住笑容，呆住了。

麦生伯说啥也不会想到爹能说这种话，这是深深地一直埋在他心里的话啊！老伴死时，什么也没有交代，只求他一定把小龙养大成人，一定把儿媳妇娶回来。他记着这话。没料到自己还没有等到这一天，已经患了癌症死在眼前。他觉得这一天永远不会有了，心里又难受又没法对任何人说出口。

因为按照风俗，这时候是绝对不能娶媳妇过红事的，新媳妇过门儿来就戴热孝挂哭棍儿，是极不吉利的。虽然这风俗这习惯不一定有什么道理，只是几百年传下来的规矩，但他不能因此而伤害和姓张的感情。再说他眼前久病不起，存那几个钱，也扔在药罐子里了，也没能力办这么大的事情。可是，这话能从亲家的嘴里说出来，就像捧出来一颗血疙瘩心，他再也说不出话来，只呆呆看着爹……

麦生伯好大一会儿才抖着手抓住爹的胳膊，只管摇，只管摇，什么话也说不出来。热泪终于像玉谷籽一样一颗颗从眼眶里掉下来了。

"麦生哥,你答应了?"

"好兄弟,这哪是给你办事,你这话说得太拐弯儿,我也能听出来,你这是为我想呀。"

"麦生哥,"爹的话一出口,两眼也潮湿起来,"我知道这不吉利,我也知道你手头没钱,可是钱这玩意儿脏,算啥东西? 只要你答应下来,我张树声一手托两家,这边我给咱姓郑的娶媳妇,那边我给咱姓张的嫁闺女,啥都不叫你操心,只要你好好躺着,啊?"

"不,不能这么办。"

"能,就这么办。"

"太难为你,太难为你了。"

"没啥,没啥,咱把事办了,你到阴间见到我嫂子也好交代。"

"不行,不行。"

"就这么定了!"

"你等等,叫我再想想。"

麦生伯定了定神,闭上了眼,过了一会儿,又睁开眼笑了,仿佛已平静下来。

"好兄弟,我想是这样,事不能办。 你有这句话,哥我也知足了。 你要实在想尽尽心,叫娃子们去乡里登记一下,领个证我看看,我摸摸,也就是了,别认真办。"

"不,办,我已订好日子,今天是初二,就放在初六,就这么办了。"

爹说完这话，不再停留，把被子给病人掖好，走出屋来。他还要赶回去安排，他已经把事情定下来，家里人还不知道呢。爹从来就是这样，天大的事，从不征求家里人的意见，总是一个人做主，先定下来，再通知我们。

郑麦花和郑小龙等在门外，单单不见了郑麦旺。显然，什么话他们都在屋外边听到了。

郑麦花连忙说："树声哥，天晚了，我弄点饭你吃吃。"

"不吃了，我得快回去。"

郑麦花看拦不住，连忙追着劝："树声哥，别办了，你的心俺们领了。秀春过门来就戴热孝一辈子不吉利，俺哥他秧儿短，闺女路长啊。"

爹没好气地说："我知道。"

郑麦花说："再说就是树声哥你同意，还有咱姓张的族里人，还有亲戚们，还是不办了好。明显显的不吉利事，谁也不会同意的。"

爹边走边说："我知道。"

小龙追到院门外也开口劝："别办了，俺爹他有病他糊涂了，你别当真。"

爹忽然收住脚，回头瞪着小龙说："谁说你爹他糊涂了？你们年轻人才糊涂，我们啥会儿都不会糊涂，你少给我说这些混账话！"

小龙没见过爹发起脾气这么凶，吓得不敢吭声，两眼噙着泪，呆呆地站在那里，像一根木桩子。

爹发过脾气，就从口袋里掏出一百块钱，递给小龙，小龙不明白什么意思，不敢伸手去接。

"拿上。"

小龙往后边退。

"拿上！"

小龙只好接过来。

爹像下命令一样说："记着，从明天开始，用这钱买葡萄糖，开始给你爹打吊针，不准他死。"

小龙小心地记着爹的话，点点头，再不敢说什么。看着爹的背影，他心里也热辣辣地燃起了一团火，一下理解到这一份情意。

在高大的爹的面前，孩子们永远是长不大的。

夜已经很深了，山村也浸入梦中。

爹翻山时，已经是星星满天，月光如银泼满了山川。那黄土高坡一道道连成起起伏伏的世界，在月光下分出许多的层次……

远远溅起几声鲜活的狗咬。

爹把夜踩得很响很响。

八

郑麦旺甩手而去，一晚上没有睡安稳，为没能猜着病人的心事感到又惭愧又丢人，第二天一大早就起来，去敲钟吆喝，让姓郑的男人们吃过早饭都到场房屋开会。

这是一个响晴的天，天上飘满了雪白雪白的瓦片云。钟声落后，便有郑氏家族的男人们或袖着手或披着棉袄从各家各户走出来，向场房屋云集。在山里，开家族会历来就比公家开会更加重要，俗话说亲戚三辈，族情万年，家族观念极深。

场房屋里的棺材已经做成，正在上漆。整个棺材黑明发亮，棺头飘一面红旗，红旗上腾飞一条金龙，棺尾卧一只凤凰。前龙后凤，倾尽老木匠的全部感情。

钟声响时，小徒弟不解地问老木匠："师傅，没见过这号事，这边做棺材，那边又要娶媳妇，这到底算白事还是红事？"

老木匠一边刷漆一边说："这叫红白大事吧。按道理说，不该这么办，新媳妇过门来就披麻戴孝，不吉不利。不过对男方没啥，主要是对女方主凶。不知道女方是哪村的？怎么连这点道理都不懂，是外来户还是本地坐地苗子？"

"听说是张家湾的。"

"姓啥？"

"姓张。"

"这张家湾姓张的可是名门大户，祖上出过朝廷命官，还有秀才和举人，现在的老族长是有名的大夫，不会连这点道理都不懂。没听说是谁家闺女？"

"听说是张树声家。"

老木匠一下停下刷子，半天不说话，长长出口气，把感慨抒发："错了，你们都错了。"

"为什么错了？"

老木匠又运起刷子，一边悠悠地推着漆刷子，一边慢条斯理地说："别人还好说，要说是张树声的闺女，我可知根知底。闹革命时张树声就是咱县独立团的司务长，那时候二十啷当岁，就是个精明能干的弄家儿。别说在张家湾，就在这方圆三里五村，比张树声懂道理的人，还真没有几个呢。"

"那他怎么会办这种糊涂事？"

"唉，这种事别人办，也许是鬼迷心窍不明道理，把自己闺女往血灾里送。张树声要办，那可不是糊涂，这叫气派。"

"怎么他办就叫气派，别人办就叫糊涂？"

"你们知道个啥，明知主凶，还要冲着上，这显然是为姓郑的病人着想，舍生忘死。这就叫出手高千丈，仗义万古传。好，好啊！"

"不就是嫁闺女吗？"

"唉。"老木匠叹口气，"现在这人是啥都不懂了，因为不懂，也就掂不着轻重了。记着，一会儿人家姓郑的来这儿开家族会，咱们手艺人可不敢多嘴多舌。来来，把杂碎物件挪挪，给人家腾腾地方。"

两个小徒弟连忙开始搬东西。

"停住，要慢点，别荡起灰尘。"

两个徒弟刚把闲杂物件腾开，姓郑的男人们便一拨儿一拨儿走进来，老木匠连忙招呼两个徒弟，把活儿停下来，挤在墙角里坐下，不再说话。

场房屋很大，四间房子通着没有隔墙，百十人拥进来，也没有占满。有的人围着烤火，有的人蹲着抽烟，还有的从地上捡根木片撕开做成耳勺，往耳朵里挖。只有村长郑麦旺板着脸坐在那张破桌后边抽纸烟，满脸的怒气，镇得人群静悄悄的，没有人敢笑敢说话，只有几个年轻人不知天高地厚，对着咬耳朵。

一个人开始查人数，扳着手指点着脑袋，查完后回头对郑麦旺说："旺哥，人齐了，开始吧。"

郑麦旺扔掉烟屁股，站起身来，把滑下肩头的小大衣往上一抖，把那张破桌子一拍，开口就骂："咱姓郑的男人们都死绝了没有？我看今天来的人还不少，我想着都死绝了，咱郑家疙瘩就剩下蹲在地上尿尿的婆娘们了！"

人群被骂得死一般寂静，好像郑麦旺一伸手就卡住了所有人的喉咙。郑麦旺不仅是村长，也是郑氏家族的头人，所以他说话才敢这么凶。

"你们知道不知道，咱姓郑的出大事了！"

刚才查人数的那人连忙小声劝郑麦旺，让他别生气，慢慢说，慢慢说。郑麦旺这才长长出一口气，把那嗓门降了下来。

"唉，要说起来，不怪你们，全怪我。"郑麦旺这才慢慢讲起来，"今天这个会，不是咱村的官事，是咱姓郑的私事，所以没有通知那几家杂姓兄弟们来参加。但是，这也是咱姓郑的官事，挨着门扳住指头数数，咱郑家疙瘩不姓郑的还有几家？"

有人连忙给他点根烟，郑麦旺抽口烟，情绪稳定了下来，又坐在那破凳子上，慢条斯理讲起来：

"唉，啥事体呢，不说你们也知道了，麦生哥害了癌症，眼看一天不如一天，这不，棺材也做好了。麦生哥是条血性汉子，解放时打土匪斗地主，是咱村里的头人。好几次为了看家护院，差点送命，为一干人落了一身枪伤。

"唉，不说你们也知道，咱姓郑的和张家湾姓张的那时候闹革命立场最坚决，剿匪反霸时死人最多。后来成立区小队，咱这两家人是基本队伍，麦生哥当队长，树声哥当队副。后来区小队又编成县独立团成了正规军，麦生哥又是出了名的老虎连连长。为解放咱们县，麦生哥立过多次战功。咱姓郑的人不旺，辈辈穷做庄稼，出过麦生哥这么个人物，是咱郑氏家族的光荣啊！可是麦生哥眼看就要去了，咱姓郑的这么多人，有谁去问问麦生哥死前有什么心事未了呢？"

郑麦旺说到这里眼泪闪闪，连忙抽两口烟，稳稳自己激动的心情，又接住说：

"我去问过，麦生哥没说。我给他弄了份地基，麦生哥不要，他说为咱姓郑的后人留口粮食，省一点耕地。作为村长，我脸上无光呀。

"夜黑儿里，我打发小龙搬来了树声哥。人家树声哥不愧和麦生哥是生死朋友，一来就知道麦生哥想在死前看着儿子成家有光景儿，心里踏实。你们知道不知道？

"不说你们也知道，麦生哥的小龙和树声哥的闺女秀春订婚时，我还是媒人。这一说你们心里的镜明了吧？如今人家树声哥准备一手托两家，那边给人家姓张的送闺女，这边给咱姓郑的娶媳妇，赶在麦生哥死前把这件事办了。明明放着这血灾，人家姓张的敢浑身蹚着这么办，咱姓郑的男人们都死绝了吗？"

人们开始不安地小声说话，纷纷议论起来。

郑麦旺最后恨恨地说："我夜里在门外听，脸红得像猴屁股，直想把头塞进裤裆里当尿使，丢人哪！真是找不着地缝儿，找着地缝儿我就一头钻进去再没脸见人了。"

人群炸了窝，呼啦啦站起来几条庄稼汉，往郑麦旺跟前拥过来。

有人叫："麦旺叔，人家敢办，咱还说啥，把这事接过来，咱姓郑的人办！"

有人喊："办，咱要再不出头办，咱姓郑的就把脸丢尽了，以后咋在上村下院做人？"

"不但要办，还要办排场。"

"对，让人家姓张的兄弟们看起咱，把闺女嫁过来，也放心。"

"村长，你说咋办吧，咱姓郑的老少爷儿们不是婆娘，听你的！"

人们呼一下都站起来，看着郑麦旺。

郑麦旺看着众人这么义气，心里高兴，脸上也有了笑容。他伸手把大家按坐下，又说起来："我也想了，麦生哥家穷，办也办不起，要该一屁股账，往后咋叫小龙侄儿过日月？打断骨头连着筋，手心手背都是肉，一手掰不开一个郑字，咱是一家人。要办，咱各家各户兑粮兑钱，齐心合力，把这红白大事全办了，你们看咋样？"

人们腾一下又站起来："办，就这么办！"

"好！他妈的这才像男人，这才像咱姓郑的子孙。"郑麦旺兴奋起来，"大家都同意，就这么办。有一条说到前头，各凭各良心，过后没账算！"

庄稼人嗷嗷乱叫："对，各凭各良心，过后没账算。"

事情就这么定了，会就要散了，墙角处忽然站出来老木匠，吆喝一声"等等我"，就挤着走过人群，来到郑麦旺面前，一下子拿出来二百块钱，往郑麦旺手里塞："郑村长，收下吧，我也算一份儿。"

老木匠这一手把人们弄呆了，也把郑麦旺弄愣了，郑麦旺推着老木匠的手，怎么也不肯接收。

"老师傅，别这样，别这样。"

"收下吧，郑村长，你收下，我高兴。"

老木匠看着郑麦旺死活不接，竟然发了脾气："郑麦旺，这是我干活儿挣下的手艺钱，干干净净，不脏。"

郑麦旺慌了神，连忙劝道："老师傅，不是这意思。"

老木匠把钱往那破桌上一放，不再理郑麦旺，回头对郑氏家族的男人们说："我给你们明说吧，你们和郑麦生是姓郑一家子，觉得我是另姓旁人不是？你们全错了，我和郑麦生的关系比你们还近还亲哪。"

"你们去看看，"老木匠手指棺材，"我在棺材头刻了面红旗，这是为了啥，你们没有人知道。"

老木匠抬起眼似乎穿过黄泥老墙望穿几十年岁月，动情地说："你们都知道我是木匠，连我的名字也记不住，你们去问问郑麦生，他知道我叫啥。为啥？因为闹革命时我也先干农会后当兵，我是郑麦生郑连长的老部下哪。那一次打东山土匪的寨子，我正好跟在郑连长身后，往上冲时，我一出头就挨了他一耳巴子，他骂我你想死哩，跟在我屁股后头！为啥，因为他知道我是独子，怕我一死，绝了我这门人。这一耳巴子打得我哭了多少场，到死我也忘不了。你们想想，我和老连长是啥关系啥感情？现在为老连长儿子娶媳妇，我老木匠还是个人，不是条狗，我能不兑一份礼钱表表心意吗？郑村长，你就可怜可怜我这老头子，收下这份礼钱吧！"

郑麦旺还说什么呢，庄稼人不会花言巧语，只有一颗血疙瘩心，不习惯握手，郑麦旺伸出双手抓住老木匠的两只胳膊，用劲地捏着，什么话也说不出来，只有眼泪点点滴滴往下掉……

不少人都为这情景感动，默默把脑袋低下来，燃烧着自己的情感。老木匠的话使郑麦生的人品在他们心里燃烧出灿烂的火光，把自己前边的路照亮。

这时候太阳从窗外照进来，扑上了黑亮亮的棺材，那面红旗在阳光下展开来哗啦啦飘，那条龙在阳光下飞起来，活在了人心里……

九

从郑家疙瘩回来的那天夜里，爹先做家里人的思想工作。也只是走过场儿。许多年过去，俺家里已形成习惯，凡事他说了算。家里人已经习惯听他的话，他是俺们家里的神。

所以，他一说初六要把妹妹秀春嫁过去，尽管有些突然，但都没有话说。只有妈妈呆呆坐在那里一声不吭，眼眶里慢慢就有些泪水涌出来在灯光下晶晶地亮。她是心疼秀春，明知道主凶不吉利，心里难受，又不想把话讲出来，去伤爹的心。

爹把事情讲明白，就停下话来抽烟，让大家在心里翻腾翻腾，在爹的方面看，这就算对家里人的尊重了。一直等到妈叹口气把眼泪掉下来，秀春玩着衣襟的手放下，抬起头迎着爹的目光表示同意，爹这才慢慢地又说起来，他要把这个事情的根根梢梢讲清楚，要把他的计划讲明白。

夜已经深了,灯里已没了油,灯头开始跳着挣扎。妈妈掂着油瓶又给灯续上新油,灯火才又直直地立起来,不再摇晃着跳了。

"秀春,"爹开口说,"现在你还是咱姓张的闺女,过罢初六,你就成了姓郑的人了。爹脾气不好,养你这么大,从来就没有给你个好脸色,动不动就拿你们出气。有时候呢,确实是你们有错误,有时候呢,是爹心里烦,故意把火往你们身上发。现在你长大了,这些话爹给你讲明白,你知道不知道?"

"爹,我知道。"

"秀春,你一出门就成了外人,爹娘不能再跟着你,凡事要自己做主,多动动心眼儿,话到嘴边留三分。这郑家疙瘩是咱亲戚窝儿,你过门去当媳妇,也带着你爹妈的脸,抬脚动手邻居们都看着你,要好好做人。一上来就要站稳脚跟,立住名声。人活名鸟活声,这要紧哪。"

"爹放心,我懂。"

"你懂是懂,我该说还要说。你过门去,虽然没有公婆,自己多受些罪,可也没那么多事,小两口过日月清静,也有好处。"

"爹,我清楚。"

"再给你说咱家。你这一出门去,拐回来就和过去不一样了。不要心里只有你爹你妈,你爹妈生你养你,啥时候也得罪不下。要把心往你哥你嫂子那儿靠那儿暖,爹娘的路短，哥嫂的路长。将来我们一下世，你要有困难，只有哥嫂才能给你撑腰做主，可不敢糊涂。"

"爹，我明白。"

"我和你妈也六十来岁了，没几天阳寿。人的命天注定，像这灯头火一样说灭就灭。爹娘一下世，你和哥嫂处得亲亲热热，你就不可怜。你哥你嫂子在城里当干部，又不要你们啥，多写信问问，有人去顺手捎块红薯捎点核桃柿饼，东西不值钱，是你的心。你和你哥比，还不是明看着你哥贴补你们的多吗？"

"爹放心，我知道心疼我哥。"

"这就好。这接下来，我交代你过门去咋办。秀春，你长这么大，爹没有看上你有啥长处，就喜欢你给爹娘端饭这一条。你公爹这人血性汉子，可怜一辈子没有得过温暖。你过门去可不比一般的儿媳妇，先当三天客人不沾生水不进厨房，咱可不守这老规矩。因为你公爹死在眼皮子上，现在对他不是论月而是论天，说不定哪会儿说死就死了。"

妈妈眼里又涨满了泪："麦生哥可怜哪。"

"所以，"爹说，"你这一过门，走进婆家院子，什么也不要管，先下厨房，抢着给你公爹做顿饭。"

妈妈说："就做面条，他一辈子好吃这，回回来家就让我擀面条。记着要把面和得筋筋的，擀得薄薄的，切得细细的，记着要汤汤水水稀点儿，看病人咽下去。"

爹接着说："唉，做啥饭他也吃不下去了，喝口水现在还往外吐呢。我让你给他做饭，并不是让他吃，你知道这是啥意思？是让你公爹知道他有了儿媳妇，让他亲手摸摸儿媳妇端去的碗，亲口尝尝儿媳妇给他做的饭。"

妈妈说："你公爹身体弱，床也脏，你可不要嫌弃。要大大方方一手把你公爹扶起来，一手用勺往他嘴里喂，叫他知道有人在孝顺在侍候他。"

爹越说越动情："明知是血灾，爹为啥偏要这么办？你们年轻，体会不到人老了啥味儿。等到你们老了，就体会到了。等到我和你妈死的时候，就知道了。"

爹说着，秀春答应着，答应到最后已经只点头不说话，热泪已涌满了她的眼眶，说不出话了。

妈妈劝："别说了，夜也深了，明天还要和族里说，咱都早些歇吧。"

爹长长叹一口气，抹把老泪，放下烟袋说："好了，该说的，都说了。明天秀春去给你哥打电报，我去和族里人说。走，现在是正当午夜，咱去当间把祖牌位敬出来，给你爷爷奶奶说说，让他们保佑你。"

俺家的房屋是爷爷奶奶传下来的老宅，高大古朴，三大间房子两边住人。中间是堂屋，放一张宽大的老式四方桌，桌后边靠墙摆一张一丈多长的古条案，条案两头卷起来，条案沿下镶着一排木雕的花纹，条案正中央敬放着一尊二尺高的木楼，那木楼就像是缩小的宫殿和庙宇，里边存放着祖先们的一尊尊灵牌，老人们都叫这木楼为祖楼。过年时爹总把这些灵牌从祖楼里敬出来，按辈分摆满在方桌上，带着全家老小烧香磕头。那木制的灵牌有二寸宽一尺高，上边圆顶，下边还有四方底座，活像石碑的木模，那时候方桌上便灵牌林立像碑林一样壮观。

爹和妈妈带着秀春来到堂屋，先把香炉摆好，再点三根香插在香炉里，这才去打开祖楼，敬出爷爷和奶奶两尊灵牌，放在香炉后边方桌的中央。爹退后几步，望着这灵牌，就像望着爷爷奶奶的灵魂，缓缓跪了下来，把心里的话诉说。

爹先说："父母大人在上，你们的孙女张秀春初六就要出嫁，男方是郑家疙瘩郑麦生家，姓郑的是老门老户，善良人家，望二老放心。"

妈妈说："爹，妈，秀春太年轻，不懂礼节，少调失教，平时有啥不孝顺你们处，还望多担待，别和她一般见识。闺女嫁过去主凶，眼前有血灾，望二老在天之灵，保佑她平安无事。"

秀春最后说："爷爷奶奶在上，孙女张秀春初六就要出门，请你们放心，不论我走到哪儿都不会忘记你们，年年回来给你们上坟，十月一给你们烧纸送寒衣。爷爷奶奶，请你们放心，不论我遇到再大的困难，一定好好做人，给你们争气。爷爷，奶奶，保佑我吧，保佑我吧。"

把话说完，爹领着给爷爷奶奶的灵牌磕头，这才站起来，把香案收好。

这时候鸡已经叫了。夜晚已走到了尽头。

十

天刚亮，爹躺在床上只眯眯眼，就起来去和族里人商量，爹知道有更大的困难在等待着他。俺们姓张的族规极严，能不能过去这一关，他心里也没数。于是，他先去找老族长，抬脚进了中院。

现在我们张氏家族人丁兴旺，房屋已新盖得很多，早没有了布局和章法。古人传下来时就三幢院子，分南院、北院和中院，一个完整的结构部落。这三幢院子，每幢院分三进，每一进都有牌坊从中隔开，每一进院子都有左右厢房，三进院子只厢房就有六座，再加上上房和下房，整幢院共八座房屋。说是厢房，并不比外姓的上房小，每座厢房共三间，也设左右卧室中间堂屋，还出前檐，只是比上房下房低下来。院内极宽阔，清一色的砖铺地，极其讲究。住房又不能乱了辈分，长不离祖，上房为尊，下房次之，厢房里住儿女们，左厢为兄，右厢为弟。三幢院子，中院为主院，南院和北院为偏院。一看就知道，当初是兄弟三人，兄住中院，弟住南院和北院。这三幢院子传下来三支人，我们家住北院下房，属老三传下来的这一支人。老族长住中院，是老大传下来的这一支人。因为是族长，他住上房。这中院的上房又历来是我们张氏家族议事的中心，每每都是族里头人的住宅。

在我们张氏家族的部落里，中院的上房又最为高大，在一大片房屋中拔地而起居高临下。晚辈们造房，谁也不敢超过它。这上房结构和一般上房看去一样，却大到见方三丈，我们那儿又叫这种房屋为方三丈。高高的房脊上塑着一排飞禽走兽，房脊两头站两只雄鸡，象征着发达和吉祥。堂屋里的八仙桌和条案都由紫檀木做成，桌沿下都镶有木雕，一朵朵的莲花；条案沿下的木雕是一群仙女的舞姿，条案西头又卷起来前龙后凤，古色古香。不同的是，这条案上不供祖楼，供一只红明的木塔，木塔里存放着古时候皇帝下给我们先人的两卷圣旨，老人们都管这木塔叫圣塔。在堂屋正中的宽大墙壁上悬挂着一张宽阔的壁挂，那壁挂上画着我们张氏家族的来历，从上到下，左右分支，一代一代，层次分明，老人们管这张壁挂叫神旨。每年春节，族里的男丁们都要先到这儿烧香磕头，然后由老族长指着壁挂给后辈人讲古，然后才能回家去敬各家各户的祖上的灵牌。

这张壁挂是先人所绘，后辈人不敢乱往上添，于是与这张壁挂相接的便是家谱，厚厚的一本书，谁家娶妻生子，嫁女出外，或是亡故入坟，便由老族长提笔在家谱上给你续写入卷，不使你流浪游离家族之外成为可怜的孤魂。

这是因为我们不是当地土著，祖上是朝廷命官，因得罪奸臣有杀身灭族之祸才四散奔逃，我们这一支人立祖人张益本曾做过江南两省学监，很可能我们是江南人，流落逃到这江北伏牛山中。老族长曾几次下江南遍访几省，给我们张氏家族寻根求源，未能如愿。每每我回去，他都交代我，常在外边跑，要多找多问，一定要找到我们的根本。

按辈分，我叫老族长爷爷。他年岁已高，将近八旬，由于研习中医，善修身养性，耳聪目明红光满面。一把雪白胡子飘在胸前，人见人敬，三里五村的人，都叫他张先儿，也就是张老先生的简称。

爹走进中院，远远就看见上房的门已开了，老族长已经早早起来，在堂屋木圈椅上闭目打坐。爹不敢惊动他，抽着旱烟蹲在外边等待。一直看着老族长打坐完毕，缓缓向外推出两只手掌，呼出长长的一口气，才睁开眼。爹这才进了上房，给他讲事情的来龙去脉。爹讲着，他听着，一边捋着自己的胡子一言不发。

等爹讲完，他在心里思忖了好大一会儿，才表态说："去叫他们来吧。"

吃过早饭，老族长主持召开了我们的家族会。不同的是，我们的家族会分层次，很少开那种每家男人都参加的大会。一般来说，只请几个家族中的主要人物，来到上房堂屋，把事情定下来，再去分头传达。只有清明扫墓和春节时，才开家族大会。或者是要与别的家族械斗，才召集全家族的男丁。不过那已经是旧社会的事了，解放后再没有发生过。所以，能走进老族长的堂屋议事，也不是容易的，要么是辈分高，要么是能干会办事在社会上有影响。总之，全是我们张氏家族的上层人物。

老族长开门见山先介绍完事情，接着也不征求意见，就一锤定音：

"我看这事不但该办，还要办得排场。树声贤侄敢这么做，这是我姓张的门风。"

老族长说："咱张氏家族，祖上是朝廷命官，一代忠良。忠臣不绝后，只咱这一支人，如今不是兴旺发达人强马壮吗？"

只要开家族会，老族长就要摆古。他从来就讲不絮，别人从来也听不烦。就像江河回首望着源头，总有一种悠远亲切的情感在心里燃烧着。

老族长说："这第八代上，咱姓张的又出过两位名士，一个举人一个秀才。后来因为替饥民奔走告状，又屈死狱中。方圆百里的饥民都聚会在咱张家湾，给咱这两位先人立碑。如今石碑还在，碑文写得明明白白，这是咱祖上的光荣。"

老族长："再说解放时跟着共产党打土豪劣绅和剿匪反霸，咱姓张的又是一马当先，和郑家疙瘩姓郑的联手成立了区小队，打遍西山打东山。还乡团扑过来，一次就杀死咱姓张的十七口人。咱姓张的害怕了吗？没有，见血不要命，仇恨鲜明，不畏生死，这是咱姓张的门风。那时候我只会当大夫，不会打枪。我下刀子从郑麦生贤侄的大腿上把枪子儿挖出来，我的手都抖了，麦生贤侄咬碎了牙没叫喊一声。英雄呀，汉子呀！"

老族长说着说着站起来："所以我说，如今麦生贤侄患了绝症死在眼前，树声侄敢送女儿过去，不避血灾，这是大义。这才像我姓张的门风，舍生忘死。你们说，该办不该办？"

十来个主事人早被老族长一番热肠子的话打动，全都同意老族长的意见，把这件事拍定了。

老族长这才缓缓坐下，开始料理："虽然是急事，也不能乱了章法。通知下去，每家去一个送女客。马备上，车套上，要气气派派。到初六那一天，你们安排好，我要亲自去送孙女！"

大家都感动了，老族长由于年高，逢这种事只主持大局，好几年都不曾亲自出动了。爹怕万一，连忙劝说："老伯，你年高，天也太冷，就不要去了。"

"去，去！"老族长把眼一瞪，"我要亲自把我孙女送到郑家疙瘩，交给郑家人。让麦生贤侄放心，他后世有人。"

这个结果，是爹没有料到的。爹只是想过通过老族长说服，大家会勉强同意，没想到家族里人人都这么深明大义，心里只觉得有股血浪往上涌。他当众跪下，谢过老族长，谢过全家族的亲人们。

十一

接到电报，我就往家赶。多年来养成的习惯，只要家里有事，排除一切困难，我也要赶回去。急切切的，就像江河卷起来，回到源头那么渴望。

我回到家，一切都准备好了。

初六那天一大早，我家院里已热闹起来，本家族的人和来自四面八方的捧情客挤满了院子。我拿着烟，一个个地散，足足散了三盒。经常不回家，我要找住机会和乡亲们亲热亲热，哪怕是一支烟两句话一声笑，总算又贴了心。我害怕他们忘了我，希望他们像过去那样待我，我不是城里人，是他们中间的一个。

鞭炮声在街里响了。这是向家里报信儿，来迎亲的郑家人到了。老族长手一摆，我们张氏家族的男人们便拥出院门，来到街里，迎接客人。接过客人肩上的四彩礼钱褡儿，接过来抬嫁妆的扁担，前引后拥，把客人请进院子。

来迎亲的郑家人由郑麦旺带着，一女四男，女的陪新人，四个男的抬嫁妆，两根扁担上缠着布袋和绳子。从现在起，就不能再用娘家的东西捆绑嫁妆，也没什么道理，像是从古时候沿袭下来的象征吧。

老族长没出院门，只站在院中央，看见客人进来，笑容满面地双手拱起来，向客人行一个古礼："辛苦，一路辛苦。"

郑麦旺连忙紧走几步，跑上前搀住老族长的胳膊说："不敢，不敢。老伯好！"

"贤侄好！"

于是老族长由郑麦旺搀着走进俺家的堂屋，两个人在首席坐下，其他人便围着方桌按辈分入席。这一桌酒席，是款

1995年冬,在北京参加《疼痛与抚摸》研讨会

17岁,高中生

24岁,在洛阳当工人

1984年,担任洛阳地区文联主席

1995年春,长篇小说《疼痛与抚摸》出版后

2003年,在法国巴黎国际书展上

1993年冬,随中国作家代表团出访以色列

1987年,参加全国青年作家代表大会,张宇(右一)与河南籍老作家姚雪垠(前排左)、李凖(前排右)及河南团其他作家合影

2009年11月,在法国巴黎参加首届中法文学论坛

2003年夏,长篇小说《软弱》法语版翻译巴彦教授(右)来中国,张宇在家中请他吃饺子

2003年9月,在青岛闻一多故居(左起:张炜、张宇、王安忆、赵玫)

2009年11月,在法国巴黎(右起:张宇、蒋韵、铁凝、徐坤、王宏甲)

2019年6月，与女儿张笑尘在新安千唐志斋

待迎亲客人的,吃过这桌酒席,才能启程。

这时候便有主事的大总管看着客人已落下座,站在门外屋檐下开始吆喝:"旋奉哪里——"

我们家乡管端菜上酒的跑堂人叫旋奉,总管一叫,马上就有人应声:"旋奉在——"

"上酒上菜——"

"酒菜来了——"

一叫一应,全扯着长长的声音,差一点就是唱了。那叫声悠长古朴,有一种历史和文化感在里边洋溢。叫声中,旋奉飞快地把菜端上摆好,把酒具敬上,又把酒满上,这才退下来,掂着四方红漆木盘,候在那里,充当仆人;又不准远离,完全是宴席的一部分内容,给场面形成一种氛围。

老族长站起来,手举酒杯:"一杯水酒,不成敬意,给各位洗尘,请!"

大家全站起来,并不碰杯,看着老族长喝下酒,才敢下酒。然后由老族长落座,举起筷子,在各盘里点点,才说:"动开,动开!"

这时候酒席才正式开始,该吃该喝各随各便,刚才那一套,完全是一种仪式。不走这个仪式,乱吃乱喝,那叫不懂方圆,老族长说那样做就是野人。

在酒席进行中,另有人帮助迎亲客人,把嫁妆捆好两担,一担是老式朱红桌子在下,桌面上放烤火取暖用的火炉架子和洗脸盆架子,接触处用布袋垫好,以免破损;另一担是朱红木箱在下，箱面上放几床被子和床单以及门帘。一共两担，共四个人抬。剩下的小件东西，如洗脸盆、镜子、针线筐、小凳子等，都由新娘娘家的弟弟和侄儿辈的人拎着抱着，和古时候把轿门儿的顽童一样。送女到婆家，婆家人用红封包银，才能把这些小东西接过去呢。

大总管站在屋门外房檐下，一边看外边捆绑嫁妆，一边观看里边的酒席。看看两边都已完毕，便长长出一口气，挺累的样子，好像外边干活儿的、里边吃喝的都是他一个人一样，然后又伸长脖子开始吆喝：

"旋奉哪里——"

"旋奉在——"

"收席——"

"收席了——"

吆喝了里边，一掉头又吆喝外边：

"嫁妆好了——"

院里人便应声："嫁妆好了——"

"嫁妆起——"

"嫁妆起了——"

来抬嫁妆的四个小伙子连忙抬起嫁妆，先走出院门。他们要走在最前边，和后边的送亲队伍拉开长长的距离，赶回去铺新床，又要赶回去报信儿。因为在这一天，新郎家的床一定要空着，等新娘带来的被褥才能铺。算不上什么规矩，因为新郎家的被褥按风俗都要由新郎的嫂子们来缝，嫂子们爱闹,要在那褥子被子里塞上石头瓦片甚至枣刺和木棍儿,只有娘家人心疼闺女,才不乱闹。

嫁妆一起,鞭炮又响起来。 大总管在鞭炮声中提高嗓门,接着吆喝:

"车套好了没有——"

"车套好了——"

"老族长请——"

便由晚辈人一边一个搀着老族长走出院门,一直扶着他坐上马车。 老族长一动百动,大总管便一连串地叫喊起来:

"新娘子请了——"

"迎亲客请了——"

"送女客请了——"

在大总管的一连串吆喝声中,我们按次序排好队伍。 抬嫁妆的已出村看不见了。 头一辆马车上坐着我妹妹秀春,来迎亲的女客坐在她前边,去送她的我们姓张的女伴坐在她后边,算两个伴娘。 第二辆马车上坐着老族长,郑麦旺和我们张氏家族的长辈人陪着老族长,坐在周围。 爹带着我们跟在车后边走,人群中挤着掂小东西的孩子们,一声鞭响,马车启程,浩浩荡荡,向村外拥出。

车动的那一刻,我妹妹哭了。 她回头望着俺们的家,望着站在那里目送她的妈妈,望着我们张家湾的一切,哭成了泪人一个。 但她咬着牙,不哭出声,她知道她不能哭,今天是她的好日子。

十二

平时去郑家疙瘩，翻坡走小路近，走平路要远出五里绕过前边的山尾巴。因为是喜事，自然舍近求远走大道。冬天的山川荒凉冷漠，望不断的黄土高坡像一张张剥去衣裳的老人的脊梁，小河细成一股尿挣扎着往前流。我们张氏家族的送亲队伍放一路鞭炮，撒一路红绿纸花，使凉哇哇的山野变得异常生动。

绕过山尾巴，离郑家疙瘩一里远的地方，我们受到了家族历史上从来没有过的热烈欢迎，浩浩荡荡的郑氏家族竟然迎出村外一里之远。先听到地动山摇的礼炮声，那是一排三眼铳，接下去是鼓声，再接下去是鼓乐，一排五杆金唢呐同时吹响，老年人一看就明白，这是动了老礼。

手执三眼铳的六个小伙子点响以后，抱着铳枪站在最前边。路中央是一面大鼓，擂鼓人双槌挥动，两腮的肌肉突乱跳。围着大鼓的内圈是手镲，像草帽那么大的铜镲，一圈四副。再往外，站一圈老头甩大铙，这大铙要大出铜镲一倍，一副铜铙就像两张小伞。甩大铙的人不能够平举起来像铜镲那样拍响，每一次都要鼓足力气甩起来举过头顶拍几下，又连忙放下来张口喘气，然后再弯腰用力举起来，这样他们就只能击响鼓点中重要的节拍。于是在起起伏伏的鼓点中，在流水开花般响亮的铜镲声中，就有铜铙声不断像响雷滚过，炸碎了冬日的空旷和沉闷，敲醒了昏迷的黄土高坡和田野。

后边一排五杆唢呐朝着天空，全吹的是《百鸟朝凤》，满山的鲜花在唢呐声中开放，一群群的鸟儿在唢呐声中歌唱，美丽的凤凰在唢呐声中展开了翅膀……

整个春天在唢呐声中向人们全部展开。

一看这气派，面对这阵势，老族长马上让停住马车，从车上下来，一路拱手还礼，步行入村。

受到如此隆重的欢迎，我们张氏家族的人十分兴奋和自豪，郑氏家族给了我们张氏家族天大的脸面。我们在前边走，鼓乐在后边跟着，一直把我们送进院子，送入酒席，仍然在院里边击鼓奏乐。

只有我妹妹秀春悄悄挤进了厨房。

爹和我不放心，跟着她，站在了厨房门外。

厨房里的郑麦花连忙起身拦住秀春："闺女，今天是你大喜日子，不要进厨房烧火做饭。"

"姑姑，"秀春说，"我是想亲手给爹做顿饭，尽尽心，你就成全我吧。"

郑麦花抬头望着我爹，我爹对她点点头，她才让开了。

不少人过来围观，一看这阵势，感觉到了什么，也不敢嘻嘻哈哈，都认真地看着秀春做饭，看着她和面擀面，也看着她拉风箱烧火。一直看着她手端饭碗从厨房出来，走进病人的屋子。

人群闪开一条路，让我和爹跟着秀春，走进病人的屋里。 我一回头，小龙弟弟不知什么时候也站在了我身边，他往前一挤，我伸手拦住了他，我要让妹妹走完这个全部的过程……

麦生伯抬头热切切望着我们，泪在眼里打转。

"爹，"秀春把饭端到床边，"我给你擀了碗面条，趁热，我喂你吃点儿。"

"不了，不了，别难为你了。"

爹劝他："麦生哥，你吃一口，她能侍候你吃顿饭，这是她的福分。"

麦生伯不再阻拦，让秀春扶起来。 秀春一手扶着他的身子，一手用小勺到桌上的碗里舀一勺，又放在嘴边吹吹，伸出舌头尝尝，喂他吃一口。 喂一口，吃一口，三口之后，麦生伯开始往外吐。 秀春连忙用手帕接住，收拾干净，慢慢地把麦生伯又放下去。

就像爹安排的，这不是吃饭，这只是吃一个形式。

麦生伯走完这个形式，显然是极感动极满足，躺下去喘了口气，就摆着手把小龙叫过去，指着地，对小龙说："跪下！"

我没料到这一手，眼看着小龙面向爹和我跪了下来，去搀也不是，不搀也不是，一时间不知该如何办，也不知要发生什么事情。

麦生伯开始说话："记着，我死之后，你树声叔就是你亲爹，秀春就是你亲妹子。"

小龙向爹磕了一个头："我记下了。"

麦生伯又说："这以后，每年都要去给你爹你妈做生日，等你爹你妈老百年后，要和你哥一样披麻戴孝，把你爹你妈送到坟头。"

小龙向爹又磕了一个头："我记下了。"

这就算小龙的爹要死了，又给他找了个爹。

这时候屋里所有人都掉了泪，那一刻本该难受到极点，但我眼里噙着泪，心里却忽然想到了别的什么，爹安排制造的这一切全发生了，而这一切都像是飘着白云的天空……

"让开，让开！"

听到门外的叫喊声，我连忙搀起小龙，回头迎接客人。不是别人，是郑麦旺引着老族长，来看病人。我们连忙闪开，退到后边，让老族长走到床边。

老族长拉起麦生伯的手："麦生贤侄，我看你来了。"

麦生伯诚惶诚恐："老伯父，您怎么也来了？"

"这么大的喜事，我能不来吗？"

老族长说着又拉过秀春，说："我送孙女来了。就是孙女没教养不懂事，往后可要让你多操心指教。"

麦生伯连忙说："老伯父，哪里话，你们给我做亲戚，这就是抬举我了。"

"不不，我孙女能进到郑家门，是她的福分。"

"我这身子，也不能起身去给您老敬杯酒。"

"不必了,自古咱姓张姓郑的就是一家人哪。"

老族长说过这句话,忽然动了感情,放下病人的手,去擦自己的眼中泪。郑麦旺看在眼里,连忙扶着老族长,让他出病房,不让他激动,害怕万一。

"老伯父,您看过病人,就先出去歇会儿,啊?"

老族长被扶着往外走,麦生伯忽然两眼放光,坐了起来高声叫道:"老伯别走,让我给您磕个头吧!"

我们都呆了。

麦生伯奇迹般一下子坐起来,能喊出这么高的声音,是谁也没想到的。然而他已无力走下病床跪在地上向老族长磕头了,他两手艰难地把住靠着床的桌沿儿,转一下身子,向着刚走出门外又回过头的老族长,努力地低下脑袋,把脑袋磕在了桌面上……

十三

麦生伯是在秀春过门后第七天死去的,不是六天,也不是八天,整整是七天。

人死了以后,七天算一个祭日,有一七、三七、五七,然后才是周年。

七真是一个神秘的数字。

由于听到儿媳妇叫爹,亲口尝了儿媳妇给他做的饭,还给老族长磕了头,麦生伯死得很满足,离开这个世界时脸上还带着微笑。

他对这个世界充满着希望。

生命就像是一阵风一片云一排滚滚的洪流一样，说来就来说走就走。 一个人就这样没有了。

喜事接着是丧事。 喜事和丧事手挽手一块儿走进了这个庄稼院。 我看着老木匠在盖棺时手举斧头口噙长长的四方棺钉，在左边砸钉时就吼叫着"老连长你往右边躲"，在右边砸钉时就吼叫着"老连长你往左边躲"。 我看着出殡时先把棺材抬出去放在街里，让亲人们最后一次扑上去抱着棺材哭。 人们一边哭喊一边用袖子用手擦着棺材，并不是要擦干净些，完全是一种抚摸，是死去的人最后一次接受亲人们的抚摸。

几百名孝子拼命地哭。 女人们闭着眼哭得很悠扬，不紧不慢起起伏伏又曲曲弯弯，完全切进了音乐。 男人们吼声如雷，哭得很粗犷如洪水泛滥排山倒海……

参加完葬礼回到城里，这哭声还在我的脑海里游荡。 正赶上青年联合会举办的新春联欢晚会，我被架出来注定要出一个节目。 看着一群城里的红男绿女，心里一动，我恶作剧般向他们唱起了面条饭的唱段。 没有伴奏，我只是拼命地吼叫：

　　　　和成的面像石头蛋，
　　　　放在面板上按几按。
　　　　擀杖擀成一大片，

用刀一切切成线。
下到锅里团团转,
舀到碗里是莲花瓣儿。
生葱,烂蒜,
姜末,胡椒面,
再放上一撮芝麻叶儿,
这就是咱山里人的面条饭。

我得说我得到了疯狂的掌声。这掌声让我极不平静。难道城里人也听够了城里人的声音,渴望听到山里乡村的牛叫和狼嚎?

无论如何这里边有一种沟通。

也许城市感情的溪水是从乡村流过来的,乡村情感是城市感情的源头。反正那一刻,我觉得城里人一下子有点可爱了。

啊,我的乡村情感。

一九九一年春

指甲长的

话多

一

我开始玩盆景时，才发现郑州玩盆景的人已经很多。仅盆景艺术家的协会，就有三个。西郊还有树桩市场，市民们叫卖树根的摊儿，使我感到像来到一个陌生的地方，看到许多人已经早早就来到了。这使我回忆起过去的生活，活了这半辈子，走了许多地方，始终没有走出过人的足迹。

郑州西郊的树桩市场，一般在冬天和春天活跃。这时候是树的休眠期。平常这市场上卖养活的树桩，大都是花贩儿，树桩的水平就差得很多，没什么意思。要说郑州的树桩市场很大，每个冬日和春日的星期天都有，但由于玩盆景的人太多，得一棵好树桩确实不容易。去年一冬一春人们在市场上又抢又夺，据我所知折腾到最后，要论好树桩，就数李荣彩得到的那棵黄荆。老玩家说，郑州这地可邪，每年下那么多树桩，要说好树一年也就出那么一两棵。

李荣彩这棵树，是初春时在市场上买到的。我和他一块儿去，一块儿回来。他只用了二十块钱，便宜到无法想象。像这样的树桩，别说二十块钱，两千块钱也不算多。问题是你拿着再多的钱在市场上转悠，一年两年三年五年，也不一定就得到这样的树桩。所以平常人们爱说，谁得到好树，就该谁得到，那是命里注定的。这已经不仅是买卖，而是一种缘分。

买树桩这件事，看起来很偶然，你拿着钱到市场上，买到了树桩。可是你再去买一棵试试，将永远买不到这样的树桩了。一般的树桩，要养三五年才能成景，好树桩养到家通常都是十年八年的熬。人一生并没有太多的十年。再好再大的玩家，一生也养不了几棵树。玩一辈子，能养两三棵精品，也不枉来这世上走一趟了。

细想想就会发现，一棵树生长几十年几百年甚至上千年，偶然被农民发现，挖出来运到市场上，正好你第一个碰上买了它，看起来好像碰运气，其实这都是一定的，这棵树一直等待着你，等着你出生，等着你成长，等着你到这个星期日来到市场上，它实际上就是专门为你而生长的。或者说，你就是为养这棵树，才来到这个世界上的。

李荣彩玩树七八年，他的作品在省里在全国都得过奖，算一个盆景艺术家。这七八年，差不多每逢市场开放，几乎每个星期日早晨他都摸黑起床，最早来到市场上等待。七八年过去，好树桩也只得到了这一棵。这棵不是买来的，是他等了七八年等来的。实际上这棵树是流逝的七八年辰光结出的果实。

这棵树出现后，朋友们虽然嫉妒，但是也都说老天爷公平，李荣彩得到它是应该的。并且说这棵树也有眼有福，跟了李荣彩算选对了主儿，不冤枉它。在玩盆景的朋友们中间，早已经很迷信，谁得了好树，就证明谁的命好人品好那般，具有了典型的象征意义。

不过这棵树确实是太老太老了。从形象上看，树龄要往那百年上走，实在是一棵百年枯树，曾经沧海。虽然谁都不忍心说出口，却都在心里捏一把汗，害怕它不能够成活。当然大家对李荣彩的养护水平放心，不过玩树的都明白，并不是养护水平高就能够把树养活。有时候千方百计养一棵死树，有时候吊儿郎当养一棵活树。刚玩的不知深浅，越玩越心凉，特别是好树桩，在很大程度上不是你能够把它养活养不活，而是它愿意活不愿意活。特别是老树，上百年过去，享太多日月之精华，都有灵性，它和你投缘，你随便养它都活；和你没缘分，当爹娘孝顺也养不活它。

李荣彩是老玩家，也深知这个道理。当初把它往盆里埋时，没有用土，全用细沙，细沙不板结空隙大，将来老树蹚根时省劲，还把盆埋在地里头，使老树接通地气。又用一个编织袋围在树干上，袋子里又封满了沙，把沙一直封到老树的脖子上。这样就从下到上把沙土封得很高，使树身也保持湿润，不散失水分和养分，帮助它度过春寒，在开春后发芽。一棵老树和一个老人一样，丧失许多生理机能，要让它重新振作起来不容易，凭它本身的能力不够，要照料要帮助它。

这样精心地封埋以后，李荣彩才说该做的我都做了，我把心尽到，能不能活，就看我的命和它的命，闯吧。

李荣彩封树时，我们都看着，那是没有一点点毛病的。但是朋友们都估计，这棵树在开春以后不会发芽，可能在春末时发芽，也可能在秋天的雨季发芽，甚至今年不发芽，休息休息准备准备，明年春天再发芽。这么老这么大的树，就是等到明年春天发芽，也算烧了高香。不知从哪里挖来，一下让它离开生长了上百年的土壤和气候环境，又让农民在采挖时砍断了那么多树根，伤了筋骨，泄了元气，让它重新养足精神聚起元气，发芽抽枝，实在是艰难。那以后好长时间，不知李荣彩心里如何，我都在为这棵老树发愁。有时候想到发呆处，甚至觉得我们这一群人，没有一个好东西，把一棵好好的树桩硬是塞在了盆里边，还逼着骗着让它活，实在是惨无人道。

没想到这棵老树开春不久，冷不丁发出了新的芽，而且还发到了树顶上。我想象到它做了什么样的努力，付出了什么样的代价，几乎拼尽了它全身心的力量。这老树发芽发得让人感动，让人心里难受。

等到树芽发满了树顶，准备抽枝时，李荣彩高兴得昏了头，沉不住气了。看着阳光照在树叶上，树叶开始绿得发亮，他知道树叶开始生长叶绿素，老树开始生根了。由于沙土封得很高，老树在这时候生根就会生在树干上。为了让老树把树根蹬在准备好的花盆里，他开始扒土。解下了编织袋，倒干净编织袋里的沙土，亮出了老树的躯干。老树刚吐出新芽，刚刚迈出死亡的深渊，向着新生走出了第一步，还没有站稳身子，他就逼着它往前走，蹬根，把树根蹬在准备好的花盆里。他急于让老树按照他的设计高速度生长，他是太渴望太性急了。

要说按照黄荆这种树的习性，只要它一发芽，一般不回芽，生命力强成活得快。这样亮出树干以后，树干就不会发根了。树叶吸收阳光，一直把阳光顺着树脉涸下去，老树埋在盆里的底部就会生根，树根再吸收土壤里的水分，把水分抽出来沿树脉再供应到树叶，就形成了光和水、阴和阳的循环，这个循环一形成，树就开始成活了。李荣彩把这个道理没有想错，千错万错就错在他忘记了这是百年枯树，没有那么大的力量像年轻的树一样沿着人们发现的规律生长了。

险情终于出现了。扒土以后，树叶首先停住不再生长，叶子上的光亮逐渐散失，几天后开始低垂，像一个人无力举起自己的脑袋一样，有几片叶子也卷起来了。这是明显的回芽现象。这说明树叶和树根之间的树脉还没有打通，光和水的循环还没有建立，老树发芽用尽了力量，太虚弱太虚弱了。虚弱的老树吐出新芽后已经精疲力竭，没能力马上就消化强烈的阳光和把土壤里的水分举到头顶，它需要休息更需要帮助。李荣彩连忙又小心地把编织袋围上，装满细沙，浇透了水，重新封到了老树的脖子上，十天以后老树才又缓过精神，把树叶伸开，泛出了光亮。

一场虚惊过去，李荣彩挨够了骂。朋友们这个说李荣彩心疼编织袋，那个说李荣彩急着看景哩，还有人说李荣彩急着去参加评奖哩，数黄瓜叼茄子地收拾他。他一边点头接受一边还要赔着笑脸，他知道差点做了对不起朋友们的事情。同时他也明白，如果他敢把这棵已经发芽的树养死了，从此就再没法在朋友们中间混了。不害怕人们看不起他没本事，害怕有人说这棵树不该他得而得了，得了也养不活。那样，他就没法走在人面前去做人。于是李荣彩由回芽吸取了教训，也算总结了经验。教训和经验实际上是一码事，像人的左脸和右脸，都是脸。

老树由于得到外援的帮助，发芽抽枝，越长越旺。树干上蹬的树根已经像乱箭一样扎破了编织袋，李荣彩才开始落土。再不敢用手扒，也不敢解开编织袋，每次只用剪刀将编织袋剪下寸把长，不用手扒，而是浇水时用水冲着让沙土一点点往下落着卸。

沙土在水流的冲刷下落下一点，树干上新生的树根就裸露出来一点，在阳光下在轻风中无依无靠地空虚，先散尽身上的水分，由潮湿变成干枯，由柔软变成僵硬，然后一根根地死去。这挂在树干上的根毛毛离开土地的同时，老树的枝叶打通了树脉，把根系往树身下部转移，一步步退下去，最终把树根发满在花盆里。一直到整个夏天过去，才解下了编织袋，落净了树身上的沙土，亮出了老树的躯干。这种落土的办法，这种引导老树往下部蹬根的手段，整个过程充满了对树对人的无限的忍耐和诱惑，它需要人和树之间的一种默契和和谐，这种默契和和谐使人与树之间增加了了解并建立了亲密的关系。这种关系需要人和树共同奉献最珍贵的东西来营养它来丰富和发展它。

现在已经是中秋，我在这里回忆和描写它的时候，这棵老树已经经过春天的发芽、夏天的抽枝和初秋的旺长，如今最壮的枝条已经筷子般粗，在这中秋的夜晚正戏着轻风舞着秋意准备着，迎接即将到来的漫长的冬天。

自从树脉接通以后，老树建立健全了自己的血液循环系统。白天，树叶把阳光收过来渗进去，阳光便沿着树脉像沿着溪流涓涓流入树的根部。夜晚，树根把土壤里的水分和养分抽出来，沿着树脉再输送到树顶。阳光沿着树脉进入了土地，土地沿着树脉上升溶化在阳光里，树脉里便永远滋润着阳光和土地的恋情。

无论如何这棵老树是已经活稳当了。

由于养活了这棵老树，李荣彩在朋友们心里又加重了分量。朋友们不断去看望他，说是去看人，实际上是去看树。因为要去看树，也必须去看人了。不知道别人如何感想，我每次去看他，都要去看看这棵老树，在树前站一站，围着树走一走，心里边才踏实。过一段不去看看，就觉得少了些什么，想树。

实在说别看我也养树，我养的树也像我的命根子一样，不过关心李荣彩这棵老树，确实超过了关心我的树。我想树也和人一样,这老树有它独特的征服人的魅力吧。

二

我玩盆景是近年的事,近到还不足两年。 我养的树全是素材,还没有养出一棵成品来。 这已经让我很满足。 我无意养出什么艺术品,更无意争取当盆景艺术家。 我养树主要是有地方接受和存放我的感情。

要论盆景艺术,我还远远没有入道,只能够算入迷。 往日出差在外,首先想到儿子,现在是先想我的树。 儿子至少占有父母两个想他的人,而我的树我要不想,就没有人想它。 况且我的树也想我,每每外出回来,便看见我的树卷着树叶等我,就知道它想我想得很凄苦。

直到有朋友问我,为什么想起来玩盆景,我才忽然想到我玩盆景还应该有个原因,并且能讲出去。 一下子就茫茫然,不知道从何说起。 想了许多天,我才觉得应该这样回答:在这挤满了人的城市,在这到处都在竞争的世上,养树可能是最适合内心软弱者干的事情。

要在过去,我不会这么回答别人。 我会调动一些智慧把我的心里话埋得很深,只让对方有所意会。 那时候生命力强,有力量把简单弄得复杂。 现在不行了,生命力减弱,没力量玩什么智慧,就觉得智慧成了包袱,老背着累。 自觉放弃一些,拒绝一些,就有意把复杂弄成简单。 再则一到中年，前边的路短了，害怕的东西便少起来。

还有人说，我玩盆景这两年，像是变了一个人。言外之意，比原来似乎要好。这话说得我心里哭笑不得，无言以对。连我玩盆景也有人在观察，真是没处逃。如果说我有变化，那是我在养树的同时，树也改变着我。不过不会变了一个人，进步这么快，竟脱胎换骨。其实我一直很软弱，过去不过是努力把这软弱藏起来，不让别人看，现在没有了包藏软弱的能力，露出了软弱的尾巴。人们都喜欢看到别人的软弱，等于看到自己的强大，我过去也这样。

以往我的名声似乎不太好，不少人认为我工于心计，世故油滑。我没有努力为自己解释过，没有精力，也没有必要。好在我心里有数，实际上我的工于心计和世故油滑全表现在逃跑上。看见是非就逃跑；有人惹我，我惹不起就逃跑；想尽各种办法逃跑，以便节省些能源干我自己想干的事情。可能不少时候逃跑得巧妙了，人家就说你工于心计和世故油滑。另一层，这些好人有同情别人的癖好，我那时年轻气盛，不尊重他们的癖好，现在想起来很对不起他们，很内疚的。

有位年长的老朋友批评我，认为我到省城郑州专业创作错走一步棋，不如继续在下边当官。官虽不大，毕竟是官。我知道他对我好，急于看到我的远大前程。只是他没有当官的体验，不知这里边水深水浅。我虽然学习到一些当官能力的皮毛，却没有当官的情感。当官为人民服务时，有太多机会为自己服务,我抵挡不住这种诱惑。 我还是太软弱,而当官的人内心要坚强。

到省城来时我盲目估计自己,认为上过高中,认识不少汉字,能把小说写好。 最可爱可笑的是,我曾把自己过去的习作当成了艺术,自己上了自己一当。 真正下了海,才知道我要艺术,艺术不要我。 这样就背水作战没有退路,削尖脑袋往艺术里钻。 不想只顾艺术又忘了生活,才明白艺术思维与实际生活格格不入,又每时每刻干扰生活实际,到头来不仅伤害朋友,还伤害了家里人。 现在回头看,常常内疚,便想到我的孩子的妈妈当初敢嫁给我,真是胆大。 而且竟硬着头皮和我熬过了这么多年,确实让我同情。

如今我明白了,这女人跟着我这些年,苦大仇深。 别看我在外边人模狗样,在家里却神神经经。 于是她就生活在我的神神经经的情绪的水深火热之中,苦海无边一般。 她常说她是正常人,要过正常人的生活。 我一直不懂。 后来我懂了。 我是有点不太正常了。 可是又没法改正,已经走到这半路上,又不能退回去。 于是一边觉得对不起家人,一边又明知故犯,实在是又恶劣又难堪。

这也使我很快就意识到,原来总渴望从外边回来,或者写作之余,家里有人能和我放松下来一块儿玩玩,这想法该有多么自私和天真。

当有一天我意识到今后不再会有人和我一块儿玩了,就开始想办法自己和自己玩。 我不能一天到晚做汉字的奴隶,做思考的机器。还需要放松,还需要释放一些别的情绪。就像小时候我上山砍柴,不能老担着柴走,还需要放下柴担歇歇肩,喝口山泉水,学几声驴叫,解开裤子尿一泡。

首先渴望找到空间,也就是只属于我自己的空间,或者叫自己和自己玩的环境。好在我们家的房子还多,托单位的福,拥有大小三间房子。最大的那间十四平方米,那是我妻子的卧室,雷打不动。我曾做过这样的梦,把这最大的一间做我的书房和卧室,那该有多么幸福。后来知道不可能实现这个梦就不再做了。有阳台这间十二平方米曾做过我的写作间和卧室。由于有阳台,家里人要不断到阳台上去。房间里还放有别的东西,也要经常拿出去放进来。并且还兼做我妻子的书房,她也要经常来这里查资料做学问。这就弄得我心里很乱,我的精神紧张得像一面鼓,鼓皮上踏满了家里人的鼓槌样的脚,有时觉得活活像坐在十字路口。最后只好主动退却,搬进最小的这间八平方米的小屋。搬家时只带上我的书,铺一张二尺四宽的小木床。这样,就使我的工作间和卧室从家里相对独立出来。

当然如果严格说,这个空间还不算绝对被我占有。房门钥匙有两把,我们夫妇各一把。我竟想把另一把钥匙要过来。并不为别的,只为在感觉上囫囵不漏气。但是那样做就太过分,容易引起误解,不近人情。这么一说,别人就会看出来,我这个人实在刁钻古怪,不好打交道,实实算不上好东西。

一个八平方米的小屋，放了书架和写字台，又放了床和椅子，地方确实是小了点。我如果是大胖子，转转身就困难重重。不过我正好不胖，就可以挤过来挤过去，不妨碍别人，别人也不妨碍我，挤出许多的情趣。

在我的小屋里，我可以一年四季不收拾床铺，不叠被子。我认为叠被子最虚伪，说是干净却把夜晚的臭气包严不让它们散发出去，到了晚上还要打开，白白浪费劳动力。长时间不打扫桌面上的东西，让它们落满许多亲切的灰尘。有时候把桌面收拾得格外干净，拉开要工作的序幕。基本上不整理书架，随看随放，乱塞一气，这样反而想找什么一抓就出来。别看我把小屋弄得很混乱，我自己却感到特别舒适。我也想过这是为什么，还找到一个道理，那就是这样做使得小屋里到处都弥漫着我释放出来的气息，各种东西上都铺排着我的思绪，我可以不设防进入工作状态。老年人曾说金窝银窝，不如自家的狗窝。我想也是这个道理。

当然，白天还不能完全集中精力，要不断排除和接受许多亲切的干扰。只要夜晚来临，尤其是夜深人静时，我一个人躺在我的小床上，关掉台灯，就可以放出我思维的疯狗，让它尽情地奔跑和喊叫，让它想怎么咬就怎么咬。这是思维最活跃的时刻，我的许多小说就是这时候编出来的。但是这还不叫玩，我不知道如何才能自己和自己玩。

不久却发现我的小屋一个重要的缺陷，令我十分痛苦，那就是我的窗户外边一米远也站着一扇窗户。

我们住一楼，楼后边是一排违章建筑的平房，两房相隔亲密到一米多远，这房屋正好堵住我的窗户挡住我的视线。本来没有这房屋就能让视野开阔一些，甚至拐点弯就能望到蓝天和白云。既然有这房屋，堵住了我的窗户就应该是一面墙，把我的视线堵死，使我在面壁时张开联想的翅膀，怎么就不该是一扇窗户，而偏偏是一扇窗户。

这扇站着的窗户给我一种感觉，总觉得它是一双瞪着的特别大的眼睛，永远在看着我。我在小屋里一举一动甚至思维都在被观察着。它好像是上帝派来的使者，专门在这里，要永远监视我。每每抬头望见这扇窗外的窗户，我就本能地想，我没有做什么坏事，真的没有做什么坏事。

由于发现这扇厌恶的窗户，我在我的小屋里只能够工作，不敢再想办法玩。我虽然厌恶它，却又害怕它。并且灰暗地想到，在这个到处都印满别人的痕迹的城市，是找不到什么想象中的空间的。

有半年时间吧，我到街上去泡棋摊。自然闲时去，并非从早到晚。在这个棋摊上，没有人问你从哪里来，甚至连姓名都不打听，只在棋盘上见高低。通常是打胜家，只一盘，输了就下来，旁边看客跟着上。看棋的围里外三层，先来的有砖头坐，后到的要站着弯腰伸脑袋。在这里挤一身汗臭气，真舒服。可惜说散就散，这个棋摊没有了。

散摊以后好长时间我都在思念这些棋友，全不知道名字，顶多知道个姓，到底一个一个从哪里来的，又干什么去了呢？ 这些人当初为什么聚起来，又为什么说散就散了呢？ 有一天忽然意识到自己好笑，这个棋摊既然散了，再去想它就没什么意思了。 又不是为下棋，为下棋可以再去找棋友，说穿了不过是对于那个曾经存在过的棋摊的一种怀念。 这种怀念就是一种道理，不必再去找什么别的道理。 世界上许多事都是这样，存在就存在，消失就消失，没有什么道理。

　　这以后我才迷上养树的。 我不喜欢玩盆景这个词，这个词对树实在不尊重。 但也不能够阻拦别人使用它，有许多人又确实是在玩树。 而在我心里，我固执地认为，我是在养树。

　　一开始养树我就意识到，我一直在找，找的就是它。 又可以逃避别人，又可以逃避自己。 在树面前，我可以放下一切虚伪，摊开我全部的软弱。

　　早上起床赶在太阳升起来以前，我去给树浇水。 傍晚赶在太阳落下去天黑定以前，我去给树浇水。 这叫洒明水，把树叶树枝树身浇湿，让树呼吸到潮湿的空气，从外边滋润一下树脉。 盆里要见干土才能浇，要浇就浇透，使树见干见湿，树才能长得快又不沤树根。 浇完水以后，我就可以看它。 当然不浇水的时候也可以来看它。 想什么时候看，就什么时候看，它永远都在等待着我。

　　养树以后，我特别喜欢看电视，只看一个节目，那就是《天气预报》。 再就是研究土壤，开始知道土壤分酸性、中性、碱性。 中原基本是碱性和中性，没有酸性土。 所以，就不适宜养酸性土的树,像五针松等。 重要的还有树脉,我们俗话叫树身上的水路。 不会看树身上的水路就没法修理树桩,树能不能成活,主要看水路旺不旺。 不懂得一斧头下去就能把树砍死,正好砍断树的水路。 会看水路可以把一棵树砍去三分之二,剩三分之一,还照样活旺。 像石榴树,那水路最明显,像一条条绳带一样绕在树身上。 而这些还是基本知识……

有一种感受,自从养树以后,再没有没处可去的感觉。我的树永远等待着我去看它。 另外,在树面前,不知不觉就忘记烦恼的事,也忘记高兴的事。 因为你高兴时来看它,它是这模样;你烦恼时来看它,它还是这模样。 它的永远的镇静像气功的气场一样,你一走进去,立刻就镇静下来。 我逐渐发现一个秘密,我在养树的过程中,我极力影响它,它也在极力影响我;我在养树的同时,也在被树养着了。

人和树都是阳光和土地做出来的,我们来自一个地方。只是树离开人能活,人离开树却不能活。 一想到将来没有了我,我养的树还能活下来,心里便淌过一股暖流。

我对空间有了新认识。 看起来自己的空间是有的,不过不能够作为一种实在被具体出来,它只是你对空间的一种个性感受。 你感受到哪里,哪里就是你自己的空间。

三

现在回忆起来,我在郑州居住以后养树之前那几年,有好长时间,人已经上户口住在了市中心,意识却还在郊区,久久切不进这个城市。住在家里像吊在火车站,只是在这里候车,随时准备转车到别处一样。

不知为什么,我一直害怕城市的道路,一看见十字路口就紧张,一紧张就不知东南西北。我不会看太阳辨认方向。并且认为这和许多本事一样,是不能够凭学习就可以掌握的。我的家在山区,从小看山看沟看水看树看石头看习惯了,依靠形象记忆来认路。一进城市,房子和路口都差不多,我的记忆的手就抓不住形象,于是记不住路。城里人依靠逻辑思维记路,我学不来。常常是每每到一个新城市,如果没有人带路,我总是待着哪儿也不去,而偏偏郑州的道路方向十分复杂,这使我到郑州居住几年了,只敢骑车围着我们单位的周围转悠,不敢往远处走。

还有,我到郑州以后离开了我原来的朋友,除了几个知己同行,与外界联系不上,还像过去来郑州开会一样。我和这个城市长时间两层皮,就像两棵树靠接时形成层没有对住形成层,怎么也长不成一棵树。

自从养树以后,才有人带着我骑自行车乱跑,到处去看树看朋友。害怕我摸不回来,还要常常送我。这才使我的意识一个路口一个路口，被他们引着，切入这个城市。

时间不长我就发现，郑州玩盆景的人，差不多都穷，是穷玩。这玩意儿自它诞生就是富家人玩的，可以算一种腐朽的艺术。而郑州玩盆景的人大都是一般的干部和职工，这使我想到，玩盆景能使他们在劳累之余放松一下精神。看起来社会制度不同，工农兵占领了各个领域。

郑州玩盆景的人由于太多，又因为大多是基层的人，自然就分成了一拨一拨。全不是由于风格流派，活活是以人对脾气为界线来自由结合。我自然也入了一拨，这使我很兴奋，感到有人看得起我了，这个城市在接受我。

我们这一拨朋友，平常也不怎么聚会，谁想谁了，就约几个人去看看。平时家里都养有树，还要没命地顾生活，这年头物价又高，就都很忙。只有等到冬天来了，树在休眠期不用怎么照料，又要到市场买树桩，就借着市场开始聚会。也就是每逢星期天到市场上结伴买树桩，我们通常叫赶集。赶集这个词对我来说很亲切，我原本是乡下人。

去赶集并不是每次都要买树，主要是会朋友。看中了树，就买一棵；看不中树，就碰在一块儿抽着烟，说说人再说说树，就说出许多的友谊。形成习惯以后，星期天如果不去集上走一趟，就觉得少点啥，一个星期都心神不安。

我们这一拨朋友又走得近，在集上发现谁没来，就要等，等不着还要打听为什么。一定要打听出原因，打听不到原因，还要派人上家里去看看，心里才踏实。这时候一拨朋友就像一个大家庭一样。

有次因为发烧，我没能去赶集，天黑时就来两个人看我。一个说看看吧，我说肯定有事，没事不会不去赶集；一个交代我今后有事，往集上捎句话，若兄弟们不知道会惦着。

话都是说得淡淡的，似乎并不怎么亲密，甚至连病情也不大关注，却叫人放在心里久久地暖着。自从在文坛上混，很少听到这样的话了。过后好长时间，我一直觉得听这种话，就像一个已经死去的人听到有朋友在怀念着谈论他。

养树不仅使我找到自己精神上的空间，还结识了这些朋友，做梦也没有想到。赶集逐渐成为我的节目，好像一个星期的全部意义就是准备着星期天的赶集。这样，春天以后没有集赶了，我就受不住。开始时，我一个人星期天骑车往市场上跑，结果是在那里谁也看不到，只看到各个角落里凄凉的回忆。后来索性我就往他们家里摸，一个一个去看望他们。反正我有的是时间可以糟蹋。我感到我的写作比起这些友谊，比起这些实在的又热乎乎的生活，也并不重要多少，虽然谁也不能代替谁。

我一直认为活着就是为了写作，逐渐也认识到我写作的同时也是为了活着。不过，我不愿彻底洗去活着就是为了写作的意识。如果写作只是为了活着，那我就会坚持不下去，只凭写作才能活着太受罪，还不如放下笔来去干别的。甚至还不如不活。只从这些小地方就可以看出来，我内心有多么忧郁和矛盾。

我们这一拨朋友,我去看起来最方便的是四哥。他已经退休在家,早晚都在家像棵树一样等着你。四哥今年已经七十岁,要说我该叫他四伯,大家都这么叫四哥,他也不许我改口。他家住北大街,门口有一个卖羊肉汤的铺子。从我家去他家,拐三个弯,左拐两个,右拐一个,十五分钟的车路,我在笔记本上记着。开始还拿着本本照地图走,熟了以后就扔了本本,一摸就摸到了。

四哥家住二层小楼,自家造的。他是郑州老门老户,有地皮。二楼平台上养树,少说也有五六十棵。平台上还造一个小屋,小屋里支张小床,供四哥在平台上休息。四哥是清早吃过饭上去,晚上再下来,吃喝都在平台上。四嫂趟趟往平台上送,她不让孩子们送,她说她一辈子侍候四哥习惯了,孩子不摸他脾气。从这位满头白发的老太太话音里,你能品出她侍候丈夫不仅是一种表达感情的方式,还是一种享受。使我想到旧时代过来的男人真是幸福。

我每次去,就在平台上陪着四哥整树和说话。喝透了水要尿时,四嫂就送上来一个瓶子,把尿撒在瓶里头。过一会儿估计尿满了瓶,四嫂就爬上楼梯来倒尿。把尿倒了,冲冲水涮干净再送上来。这使我想起小时候在家里,妈妈把小尿盆送进被窝里的冬天的夜晚,我围着被子,把小鸡鸡放在尿盆里,把夜晚尿得静静的。

说实话我每次去看望四哥,最喜欢的还不是看他整树跟着他学艺术，是听他说话。 特别是站在梯子上先不上去，不被他发现，偷着听他一个人对树说话，那实在是妙不可言。他有一个特点，一个人整树时嘴永远不停，一直在那儿慢悠悠地说话，跟他的树谈天。

他对着一棵树说，真是没有留心你，你也长这么大了。说实话你来时那丑样儿，咋看你都没有前途，充其量会长成一棵配桩。 可是你他妈疯活，你说你这疯活疯长的有什么意思？ 活在这世上，成材不能成材，看景不能看景，有个啥活头？ 偏偏你疯活疯长。 这和人一样，好人不长寿，孬人活不够！ 惹急了哪天我把你卖了，再也不管你了。 又对着另一棵将要死去的桩子说，老兄弟呀，我老四可真没有亏待你呀，你来的时候我就没敢冤枉你，知道你看哪儿有哪儿，前途远大。 别说白天，做梦我都想着你。 可是你怎么这么娇嫩哩？ 我老四这养护水平不高，在郑州还是盖着点的，我哪儿对不住你，你咋不活呢？ 唉，你难道想喝人血哩？ 只要输点血你能活，我就给你输点血。 然后又长叹一口气，唉，这都是缘分哪，我老四没有养你的命哪。 我说你是急啥哩，你先别急着去，再等等，我活不了几天了，我先去，你再走，行不行？

如果不亲眼看见，只听这说话声音，怎么也不会想到一个老人满含着感情在和他的树说话。 这就是四哥。 四哥养了一辈子树，从不爱参加什么评奖。 兄弟们有两次逼着他，抬去了两棵，都在全国盆景展览中获奖，一个一等奖，一个二等奖。也不卖树，养死了掉几滴老泪心疼心疼就完了。也不参加协会，他说去参加那弄啥，我养树是为了我自己看，我又不开妓院，让我的树去卖屁股。

和四哥相比，大毛就显得争强好胜。他二十岁上拉板车，伙计们有几个人养树，他也想养，就托着人找四哥拜师。四哥看他半天，毛手毛脚的，就说你还要养树，养根树毛我就给你烧香磕头。这话伤了大毛的自尊心，从此发奋养树。除了顾生活，剩下两个钱儿都填到花盆里了。

年轻人干起来拼命，又讲科学，为了养树，大毛啃土壤学，啃植物学，啃盆景艺术研究，各种书不知看了多少。十年过去，参加省里盆景展赛，一举成名。美术出版社还把大毛的树拍成照片，印成年画。四哥竟买一张，挂在家里，逢人就夸这树养得好。四哥早把十年前说过的话忘干净了。

四哥夸大毛的树，买画挂在家里，这事让大毛知道了。大毛觉得总算出了这口恶气，扬言说十年前老四说我连根树毛都养不活，我养树就是给他一个人看的！说过这话，大毛就把养的树全送了人，表示从此不再养树。他觉得干什么都是混人，养的树叫老四服气，在郑州这块儿混，也没有白活。那时候大毛年轻，血气方刚，觉得人生就是这样，人争一口气，佛争一炉香。

树养到这种程度，又敢全部送人再不养树，在郑州玩盆景的朋友中，大毛确实闯出了名声，成了人物。有好事者自然不等闲，把这事的来龙去脉根根梢梢讲给了四哥，不无搬弄是非的用意。没想到四哥竟买两瓶酒，掂着去找大毛赔礼。这可让大毛享受不起，一下子转变了对四哥的敌对态度，连忙当长辈尊敬。年轻人不怕激，害怕人敬。

以四哥这么大的年纪，又以他在盆景界的名声，四哥诚恳地说大毛，老哥为老不尊对不起你，我佩服你年轻人的豪气。不过有啥说啥，你这可不是养树，你这只是斗气。拿着树斗气，你把树当成啥了？这说明你还不懂得养树。

后来，大毛说我十年争了一口气，叫四哥一句话给我把气放了。我才知道什么是养树。从那一天开始，我才开始真正养树。不久大毛患了心脏病，出院以后不能再上班，病休在家，一天到晚待在六楼上下不来，每逢赶集，四哥就骑着三轮车去接他，把他从六楼上扶下来，拉着他去赶集。几年后，兄弟们看四哥年纪大了，才把这活儿接过来。

自从患了心脏病，大毛不再养大树，专门养中小型盆景。兄弟们发现精巧的小树桩，都给他送去。如今在郑州盆景界，要论中小型盆景，还没人能胜过大毛。

这一切都是大毛自己对我说的。他家住在亚细亚商场背后中间那座楼房第一个门洞，楼下有个理发店。我第一次去看望他，他就对我讲了他和四哥的典故。我问他你讲这些干什么，他说我想你是搞写作的，弄不好有用。

记得有一次我高兴起来，对一个女学者讲起我的养树的朋友，就讲了大毛和四哥斗气这一过节。她连连说大毛真是大手笔。当时好像对我有点启发，曾在脑子里一闪，想到大毛可以成为我理想的人物，进入我的文字。 很快又放弃了这想法。 结识谁就拿谁来编小说，朋友们不说什么，有点伤害自己的情感。 从这里可以看出来，我的精神一边投给艺术，一边又投给生活，在悄悄地分裂开来。 这就注定我是那种终不得好结果的人。

有次我去看望大毛，大毛冷不丁说，大哥我说句粗话，我看你在你们那一行里混得很难。 我说你怎么会这么想？他说要不你不会老跟我们这些粗人混。 不过兄弟这没啥了不起，心里不舒服就说给哥听听，别老憋在心里，怕时间长了憋出个毛病来。

我没法回答大毛的话。 因为我没法向他细说我们这一行，况且也说不清楚，甚至也想不明白。 不过，大毛一个病人，心里却惦着我，这让我心里不好受。 为了领下这个人情，我苦笑笑向他点点头，也就是承认我在我们这一行混得很难。 虽然多少有点委屈，也并不冤枉我。

如果遇到不便解释的话，又一定要求有态度，最好点头承认下来。 我常常这样做，不过多承受一点就是了。

但是大毛的话还是使我想了许久。 连大毛都觉得我身上有毛病，我身上就肯定是有毛病。 并且想到许多毛病的毛病。 包括为啥大毛认为我不该和他们这些粗人混。 唉，人哪！

四

还有一个我经常去的地方，经常到过几天就要往那儿跑的程度，那就是大石桥。请原谅我的形象记忆，从我家顺经七路上金水大道，过新通桥，就到了大石桥。准确说应该是大石桥边的郑州市无线电总厂。有时候骑着自行车出去办事，走着走着抬头一看就到了大石桥。这已经成了一种惯性，有时候我都怀疑我的自行车像狗一样认路，是它把我带到大石桥的。

大石桥的无线电总厂里不仅有好几位我们这一拨的朋友，还有一个供朋友们小型聚会的花房。李荣彩师傅就是这个厂里的车间主任，他的那棵黄荆老树就养在花房的院子里。厂里效益虽不好，纪律却极严格，每次去厂里，都要在门口下车，对门卫的大嫂们笑着说几句话，她们才放你进厂。时间长了混得相当熟，有时候她们还给我开玩笑，这几天怎么没见你来上班？我就说给车间主任请假了。我原来当过工人，这些交往通常使我回忆起早年的工厂生活。我熟悉工厂，知道如何跟工人打交道。

这厂里一千多人，也不怎么挣钱，却建有花房，这使我对厂里的领导另眼相看。这些小地方说明领导的素质，不是那种只问生产呆头呆脑的家伙。虽说建这个花房目的是美化厂区环境和应付上边检查，还要参加市里工业系统举办的月季花展菊花展什么的，但是更重要的是它给工人们的心里抹了一层绿意，给终日劳作的紧张情绪透出了一个空间。因为有这个花房，工厂里的机器轰鸣声和人的意识便开了扇空灵的窗户。

由于我经常去这个厂里玩，还发现这里经常开运动会，搞文艺演唱比赛，使人感到这年头，搞工业的毕竟走在前边，比我们意识形态领域里的人更知道人心。

这花房用砖墙围起来，从厂里独立出来竟然成了一个小院。院里有几间搭着玻璃顶的暖房，再有的就是院里的空间场地。暖房里放一些工具和花盆，冬天放一些怕冻怕冷的草花，院里放树桩盆景。这些盆景，大部分是厂里的，也摆放不少厂里盆景爱好者的作品。花房由张德芝师傅管理，他还是锅炉房的领导，又兼管着花房，人们便称他为两房的房长。由张师傅做东道主，不赶集的季节，我们这一拨朋友常常在这花房里聚会。

说是聚会，也就是赶在厂里下班时间，去帮助张师傅浇水培土，干点小活儿。然后再说说树说说盆，把盆景艺术切磋切磋。常看到厂里有用处时，张师傅不管是谁养的树，什么好就集中什么，他说占花房的地就要为厂里服务。并且，谁养的花养的树代表厂里参加过什么活动，或者为厂里一项活动布置过环境，就感到很自豪。他们爱他们的工厂，不是为了表现自己有觉悟，而是一种意识，工厂的命运连着他们的命运。从这里可以看出老一代工人以厂为家的意识还很牢固，这大概就是我们社会制度的最可靠的基础。 不知道这种基础会不会有一天被人们漫不经心地伤害，或是被污染成别的什么颜色。

到花房来的人，大都是花友。 花友们聚到一块儿，除了说花说树，很少议论别的。 许多的烦恼在这种氛围中被说得淡下来甚至忘掉，一天的劳累在这时候便悄然而去。 张师傅便说这就是花鸟鱼虫的真情。 我们就叫这花房为真情园，张师傅便是真情园园主。

真情园园主张师傅还有一个外号，叫三军司令。 因为他养过天上飞的鸟、水里游的鱼、地上跑的狗。 不是一般的养，都养得在郑州养鸟养鱼养狗界里很有名气。 不过最主要的还是养树。 他养的树早年就被拍照，发表在专业杂志《中国花卉盆景》上，在郑州盆景界里是老玩家。 由于为人热情厚道，还被选为郑州市盆景协会的秘书长，不仅是老玩家，还是头面人物，公认的盆景艺术家。 这也是一种活法，而且还活得有滋有味，这是我原来没有想到的。 这种活法给我一个启示，人生的意义是丰富的，甚至不能为着意义而活，那样就活得很干燥。 有滋有味的生活里自然会派生出许多的意义。

从这里出发，我对人生和人生的意义就又多了一种理解。 人生的意义对人生来说不应该只是一种看不见摸不着的抽象的理性，它应该是一种人生的鲜活生动的感受。 这样就能把一种很理想化很空洞化的意念具体到生活实在之中，甚至可以说只要你感受到生活的有滋有味，那么就有意义。人生的意义就是你对生活的有滋有味，又一想，这有点接近乐天精神，就不敢再想了。

三军司令张园主这个老玩家，由于养的东西太多，就显得很忙。早晚看见他，他都在那儿干活儿。在他养的树中，有些是他的作品，有些是培养的对象，还有很多则没有一点意思，换作别人早就扔了，他也养着。而且他自己也知道养这些东西多耗精力，但他自己还是养着。我几次劝他把这些乱七八糟的处理掉，他也不那么累了。他一边浇水一边说，处理掉好呀，咋处理？卖了没人要，扔了舍不得。好歹它都是条命，它来时又不是自己要来的，你把人家请来的，不能怨人家，还是养着吧。我说养着有啥用？他说咋没用，养着给别人的树做个伴儿，也绿化了环境，再说它出口气儿，咱吸进去就是氧气。一句话，我们两个都笑起来，张师傅说话很幽默。

过后李荣彩师傅对我说，张师傅就这样，别说一棵树，养棵草都不舍得扔。又说张师傅这人心肠软得像面条儿，善良得像菩萨，养啥都养出感情，死棵草心里都难受。别说他养树舍不得扔，别人修树桩时砍下来的树橛，他都把它埋起来养得发芽，把它们又养成树。

经李师傅这么一说，我才想到张师傅有滋有味的生活里也有痛苦，他的痛苦就是他的善良。

善良让人心地平坦，使人精神愉悦，只是一个层面，原来善良也会成为人的负担，像山一样压在人身上，使人喘不过气来。 这使我初次对善良产生另外的理解，并看到它城府很深的忠厚包裹的狰狞面目。 人不能不善良，也不能做善良的奴隶。

不过这样想都是我的职业习惯，作为朋友我不该这样瞎琢磨张师傅，张师傅如果知道我这么在背地胡乱地瞎琢磨他，一定会笑着骂我：你这小子真不是玩意儿。 况且正是因为了他的善良，才像一炉火一样热乎乎的，吸引朋友们来围着他，不知不觉地走到一块儿，增加了解，建立和密切了友谊，使本来苦涩的人生里产生了不少乐趣。 人们便觉得滋润了，这光景还能过。

还有一位常往真情园跑的朋友，或者应该说是他带着我走进真情园，也是他带着我第一次去看四哥，那就是老杨了。 严格说我是跟着老杨学养树的，要按这关系，他应该是我的师傅，我应该是他的徒弟。 从他那里我明白了什么是盆景造型的疏密关系，该密密不透风，该疏疏能跑马。 并且知道了远近的比例，丈山尺树，寸马分人。 什么是盆景造型的层次，什么是静枝，什么是动枝，什么是动势，什么是静势，以及一棵树的气态是如何形成的。 我在他身上学到许多养树的学问，他自然在我心里很重。 只是每想到他，我心里就不好受，他这人生活得太直白，很凄苦。

他带着我到处看树，我觉得郑州盆景艺术界真有前途，人才济济，作品也丰富多彩。 老杨却说郑州是粗玩，玩不出大名堂。你没看我们这些玩家都没有文化，达不到造诣的境界。我说我看都很有技术嘛。他说技术算啥，技术好学，全凭悟性。并又说我们这些粗玩只是打个基础，将来有学问的文化人和年轻人参加进来，郑州的盆景界才能出好作品，出一种风格，然后再形成流派。

老杨每每说话，言外之意，连他自己也看不起。对郑州盆景界满怀着希望又不满现状。他这人五十岁，已经是中国盆景艺术家协会的理事，还当过省里协会的会长，作品自然多次在全国获一等奖，参加国际盆景艺术研讨会，是法定的中方代表之一。说实话，确是盆景艺术大师一级水平，却如此苛刻自己，可见他追求的执着，专门和自己过不去。

当我开始知道老杨是什么样的人时，心里就不安起来。我太了解艺术家，他要把对艺术的态度拿来对待生活，肯定是一塌糊涂。后来逐渐了解到他的生活，果然如此。这么大一个艺术家，还在一个单位里当工人。养盆景的大师，没有一寸土地，把几棵树放在六层楼的平台上让干风吹着。代表我们国家参加国际盆景艺术研讨会，没人报销路费不说，还不敢对单位领导明说，明说了专门阻拦他，只好请事假让扣工资。几十年一直和领导搞不好关系，换了那么多头头，没有人看重他，竟都看着他不顺眼。而可爱的是，他自己根本不知道为什么。他苦笑着说可能是咱脸黑长这模样难看，不然咱对人家都好好的，为什么人家看咱都不顺眼呢？他这几十年在单位里如何工作如何说话，不用细打听，就可想而知了。

我们的社会制度决定了生存环境，我们的生存环境规定着人的生存习惯，它需要人们在工作的同时还要分出许多精力来专门对付生存的环境。大部分人都是一边工作，又一边在工作之外下点功夫。有些人根本没心工作，专门在工作之外下功夫，这种人最容易得到好处的。有些人只顾工作，不会在工作之外动脑筋，这种人就出力不讨好，活活受罪。老杨大概就是这后一种人。

别说在单位里，玩盆景也是一样。老杨说起朋友来，都说这人不赖。要说起朋友养的树，他马上就说不行，还有缺陷。而朋友们谈起老杨来，很少有人夸他。而对他养的树，全都说那可真是玩家，从内心佩服。如果细品就品出来味道，朋友们把老杨对他们树的批评当成了对人的批评，问题就出在这里了。大家都是一块儿玩个高兴，不应该那么认真。老杨是太不会说面子上的话叫人高兴，专挑人家毛病，叫人心里难过。他不知道人一生说的话不能全是真话，要虚虚实实疏密得当像盆景一样分出远近和层次。全说真话，别人受不了，到头来自己也受不了。

这样，朋友们在一块儿聚会，老杨就很少说话，只是笑着抽烟。他抽烟只抽二角钱一包的黑烟，又廉价又劲大，我常常觉得他抽的黑烟对他的个性是一种象征。这种烟现在很少有人抽它了，它太普通，又太难看，又太有力量，味道也太涩了。

这就是我们这一拨朋友里的主要人物，围绕着这几个主要人物，还有小任小段几个年轻人，他们都和我一样，跟着老大哥们混热闹。

我就这么跑着混，朋友家里，真情园，赶集，从这儿出发，一点点熟悉了这个城市，逐渐感觉到我是郑州的人了，郑州是我的城市。

这很有点像狗记路的方式，狗一边跑一边尿，隔一段尿一点，无论跑得再远，往回走时凭着自己的尿臊味儿，就能熟练地认识道路。我这么远，也是一点点走出去，在接受环境的同时释放出自己的气息，让自己的触角从自己的气息里伸出去，扩大着这个环境。

也有点像蜘蛛结网，蜘蛛要想在一个地方居住下来，就吐出自己的丝，把一个空间网起来，生活在这个结过网的空间就像生活在家里一样，才能安定下来。这个结网的过程也就是自己熟悉空间，空间也熟悉自己，彼此接受的过程。

一个人来到陌生的城市，也要像狗散布气息和蜘蛛结网一样，慢慢地营造自己的氛围。营造这个氛围和盖房屋一样。生活在这个房屋般的氛围里，或穷或富或孤独或活跃，你才不感到隔，你才能坐窝般安定下来。

五

老玩家们说，郑州的树桩市场早年在敦睦路，就是现在火车站前边大同路那儿，大同路东或西，我没有胆量说定，至今我到火车站那一片还转向。 在大同路时，郑州的玩家还少，树桩便宜，几毛钱就能买到可心可意的小桩。 大树桩的桩子也就三两块钱。 后来玩盆景的人越来越多，市场管理委员会才把树桩市场迁移到西郊的工人路。 于是大同路便走进了人们的记忆，甚至慢慢走进了传说。

要说如今树桩市场在工人路，并不准确。 准确说应该在工人路十字路口东边这条街上，因为这条街的名字诞生得晚，人们便记不住说不顺口，总说工人路。 看起来工人路开辟得很早，名气较大。 道路和人一样，资格老就是价值。资格和价值很大程度都是由时间冶炼出来的。

工人路的这个市场，并不单单是交易树桩，按市管会规定，是花鸟鱼虫市场。 不过交易鸟儿另外有聚会的市场，从来不到这里来。 平常卖鱼卖虫的多，还有一些卖字画卖瓷器卖玉器的常年在这儿摆摊设点。 只有到入冬以后开春之前这里才开始交易树桩。 这时候是树的休眠期，挖出来栽到盆里容易成活。 树木休眠本来是为了对付残酷的冬天，早早落了叶子积蓄营养，不再生长，躲过严寒的灾难。 人们这时候挖树确实有点残忍，活活是一种生命对另一种生命的伤害和屠杀，简直是一个阴谋。 从这一点上看，一种生命就构成了另一种生命的坟墓。 实在有点他人就是地狱的味道。

树桩市场迁到工人路以后，由于买的人多，又随着物价飞涨的形势，树桩的价格提高得很快。 如今市场上小树桩也要三五块钱，中型桩要十块八块，大树桩子差不多要二十块钱。如果几个人围着争购一棵树桩，卖主敢四十块、五十块往上猛蹿。这就使老玩家不断对昔日的敦睦路市场怀念和回忆，常常发出一些今不如昔的感叹。这使人感到，好像每个行业每个人都常常有今不如昔的感想。如果细细追踪和玩味这个普遍的意识的深处，他们并不是怀念那些过去的具体东西，而是怀念那流逝的时光和生命，对于慢慢临近的死亡的一种拒绝和无奈的呻吟。

因为我没有拥有过昔日敦睦路的时光，我便觉得今日工人路的市价还算便宜。一棵成型的盆景如今在国内市场上，卖到几千几万是常事。世界市场上就更惊人，一棵树通常要卖十万八万。还有一棵大树型盆景在美国卖到八十三万美元。也算是黄金有价，艺术无价。这么一想，工人路的树桩市价，实在是不值一提了。

若论经济价值，郑州盆景就显得太可怜。郑州这么多养盆景的，养成千上万件作品，一件作品卖到上万元的少有。一般情况是南方沿海人来买，低价收购，高价销到海外。关键是郑州人没有打开外销的路。养盆景的没能力，有能力的人不关心。仅从这一点，就可以看出郑州这个交通发达的城市很封闭和落后。这个城市的管理者不懂得更新观念才是财富，开发和发展文化和艺术也是经济资源，并且还能提高城市的素质。要说也不怪他们，由于我们制度和习惯正在改革中，还没有把更新观念开发文化艺术资源和提拔干部联系起来，就不会引起当官的重视。当官人想的是当官和当再大的官，他们有他们的努力方向。那也是一种人生，也应当理解他们的追求和活法。

不过就我个人的感情来说，我还害怕这个城市的发达和兴旺，甚至说更喜欢这个城市的封闭和落后。我恐惧把文化艺术转化成商品，万一把人的感情也转化成商品，那就到了我这种人的末日。那时候像我这种人，就成了近代或当代的古董和文物，实在是可怕。这样就使我对当今郑州市的管理者又十分感激，你们千万不要开发文化艺术这个经济资源，就这么慢悠悠地混着，有吃有喝就完了。给我们这种人留下一点空间，不要把我们赶得走投无路，我将永远拥护你们，祝你们万事如意。

因为郑州人养树，大都不是为了卖钱。有一次李荣彩师傅卖给南方贩子一棵树，收人家两千块钱。看到人家砸碎本来还能用的盆，从盆里把树拔出来扛上肩时，两口子都掉了泪。老婆哭着要退钱。李师傅蹲在地上手捂着眼，泪水从指缝里流出来。树卖之后，钱放在桌子上，一整天没有捡起来。我是理解了他们的感情，他们养树不是卖树，是把树当成家里一口人养。

我就喜欢这个味道。和自己养的树朝夕相对，其乐无穷，为常人所不解。这是难得的一种享受。和享受天伦之乐一样。像我们这拨朋友，如果养树都为了卖钱，就不会这么常常聚会，谁得了再好的树，也不会这么关心。一个一个常常去看李师傅的黄荆老树,还有什么味道呢?

　　看起来在这个世界上,金钱固然重要,人人都离不开和喜欢它,但是比金钱重要的东西还很多很多。 我每次去看老树,就常常这么想。 当然还想到许多别的什么。 反正每次去看它,都会引起很多联想,慢慢觉得因为我们的看,把这棵老树看成一个象征了。

　　象征好像就是这样产生的,它引起你联想并燃烧你的情感,又收藏你的联想并收割你的情感,这就是象征。

　　老玩家都说郑州这地儿邪气,每年下那么多树桩,好树也就出那么一两棵。 李师傅就得到一棵,他真是有福人。 买到这棵树那天,我们这拨朋友差不多都在。 那是一个初春的早晨,正飞舞着、弥漫着春寒。

　　春寒这词实际只是一个掩盖,它是人们对于冬天的抛弃的语气,因为在春寒的下边,正滚动着溃逃的穷凶极恶的轰隆隆的冬天。 其实春天还在很遥远的地方刚刚起步,连春天的风还没有吹过来。 人们叫它春寒只是鼓励自己,这是最后的关头,咬咬牙挺过去,再坚持一下,前边就是明媚的春光灿烂。

　　那天天极冷,我从被窝里坐起来就碰着了外边的风。 我从黑暗里把灯搛亮,看看表,正好是五点三十分。 自从赶集开始,我每个星期天就在这时候起床。 开始还用闹钟来帮助,后来就扔掉这支拐棍。 我的这个活动串联成习惯,刻在了我的生物钟里。

起床以后，我悄悄洗脸刷牙，剥去夜晚结在我感觉上的壳子。捂上帽子，戴上我的脏手套，然后扭灭灯，贼一般溜出家门。又把钥匙插入门锁的锁孔，这样就抹去了关门时的痕迹，我这么轻手轻脚的企图，主要害怕摩擦家里人的梦，少犯一些错误。从这些小地方，就可以看出来我在家里神经很紧张。不是家里人看不起和嫌弃我，而是我自己看不起和嫌弃自己。在妻子的不断劝说和批评下，我逐渐发现我身上越来越多的毛病。我曾经一次又一次下定决心，改正自己的错误，争取进步，可是总也改不掉。我逐渐明白我的许多毛病是天生的，这些病毒永远存在于我的个性和下意识里，我终于有一天认识到我不可能改变了。我永远洗不干净农民的粗俗，弄不出那种城里人身上的修养和文化感。于是我暗暗地灰心了，不再对自己抱有新生的重新做人的希望了。这就使我常常很伤心又很内疚，从心里深处我觉得对不起妻子，也对不起这个家庭。

我有时候甚至感到我当初欺骗了妻子，不过我确实是无意的。当初她看见我穿着城里人的衣服，谈吐还有点机敏，甚至还在我身上开掘了一点潇洒，就认为我很可取了。等到她走进我的生活，才知道完全不是那回事，她原来只看到了我的外表。不过她如果放过我，不走进我的生活看不到我的真面目，她也许会感到遗憾。看起来了解一个人是不容易的，只有走进去，才能看到全部的风景。从这一点上看，不能怪我妻子没有眼力，只能说走进婚姻这个行动本身就是冒险行为，在很大程度上是闯一种运气。任何人都没有能力把握，因为这是一种缘分。

痛定思痛，我也反思自己。原来并没有充分估计自己的能力和素质，就冒冒失失找一个素质太高的女性过日月，也是叶公好龙。于是我就常常自嘲原来想找个秘书，却找了个领导。妻子也同情我，笑我自作自受。这时候我们两个就团结起来耻笑我，这时候我们夫妇的感情就很好。

从这里出发，我发现了一个很有意义的现象。那就是当别人在耻笑和批评你的时候，你如果顽固地坚守住你自己的立场，就会排斥别人，就会对抗别人，就会反击别人。这样就加剧了矛盾，使矛盾激化，甚至使矛盾的双方进入一种疯狂。这样，别人对你的批评中的一些正确意见，也被你排斥掉了。这就成了一种损失。因为这成了一种态度对态度的对抗，就杀害了许多丰富的内容；许多有用的见解和闪光的智慧都在这种对抗中丧生和流失了。

如果你能在这种对抗中跳出来，不妨也站在对方的立场，一同来批评和耻笑别人般的你自己，你又会感到对方说的话句句是真理。就会消灭和化解这种对抗。因为你在这时候进入了对方的思维，让对方的思维规定和操纵着你的思维，你的思维甚至情绪都淹没在对方思维的海洋里了。虽然这时候你不再明白什么是正确和不正确的，却可以化解矛盾。这大概是逃避对抗的最有效的方法了。

六

走出家门,我就在院子里找我的自行车。 我们家属院的自行车大都放在院子里,只有新自行车才往家里搬。 这就是城市和农村的区别,农村里的小偷偷旧自行车,而城里的小偷只偷新自行车。 从一个小地方,就可以看出来城市和农村的距离还相当遥远。 城里的小偷比农村的小偷该多么的富有和奢侈呀。

我的自行车在这一群旧自行车中显得更破更旧,我想到别说让小偷偷我的自行车,就是让人家多看几眼伸手摸摸,我都感到自豪。 朋友们多次劝我扔了换一辆稍好一点的旧车,我也不是没钱买,我是觉得我的自行车象征着一种什么。 我骑这样的自行车,这样的自行车我骑着,有一种什么内在联系,我怕割断这种联系。

找到我的自行车后,伸手摸一下后座,发现缠绕在上边的绳子还在。 这可不能大意,万一买到好树桩,要用这绳子捆在车后座上。 然后抬起我的套着脏手套的手在车座上抹拉几下,算是打扫一下灰尘,其实是一种习惯动作。 这才推着车往院门外走。 在院里我轻易不骑车,总推着走。 我原来总在院里骑车,后来不知什么时候不再骑而开始推,我想大概也是一种人不再年轻的下意识吧。

我把车推到大街上,几股风蛇一般往我身上缠绕,又像有几把刀从风里伸出来割我的鼻子和耳朵。 寒冷给了我忽然的刺激，使我感到振奋。 我骑上车，我的车轮把黎明磨得吱吱响。 每当我骑车来到大街上时，我就觉得我又活过来了。这时候我逃脱了我熟悉的生活环境，这个小环境像个腌咸菜的缸总把我泡在里边，又像个鸡窝把我严严圈在里边。 在这个咸菜缸和鸡窝般的环境里，每时每刻都得留神谨慎防备着什么，像一张网捆住了人的意识的触角，连心脏都要谦虚谨慎戒骄戒躁地跳动。 现在一来到街上，浑身上下便感到一种放松。 我狠狠地蹬几下车，没有人感到我蹬得太骄傲。 我停住脚不再蹬让车向前滑行一段，没有人觉得我傲慢。 想蹬快就蹬快，想蹬慢就蹬慢，一个人骑车在空空荡荡的大街上，便觉得整个占有了这个城市一般，实在是一种享受。

这时刻天还没有亮起来，黑夜正一层一层解开裹在这个世界上的阴谋。 星星像一群鸟正越飞越高，群鸟已飞得无影无踪，还剩几只在天空盘旋。 街道两旁还有路灯在喘息。偶尔有汽车通过，车笛像刀片一样给黎明划破一道伤口。 城市还没有醒来，人们还在做着或肮脏或美好的梦的尾声。 无论如何我的城市郑州这时候就显得特别安静，深深地呼吸几口早晨的新鲜空气，这里边没有任何人的气息，甚至追着呼吸的意念，你能品到郊外很远处的田野泥土的芳香。

我不慌不忙骑着车，在新通桥故意横过红灯，心里便颤抖出许多违反规则的快感。 从这里我理解了犯罪对人的诱惑，把这个世界的法则践踏在脚下，那实在是一种生命的辉煌，于是赶到大石桥时碰上绿灯，我就停下来等待红灯亮起来再往前闯。我觉得我等红灯这一会儿，和我闯过红灯那一瞬间，我终于发现我身上还有一种男人的勇气和胆量。每当我一个人独处时，我心里就会产生许许多多奇奇怪怪的想法。

我这么做，是要赶到无线电厂家属院，在李师傅家和我们这拨朋友聚齐，一道儿去赶集。在李师傅家门口刚支好车，把李师傅家的灯叫亮时，老杨也赶到了。一颗火豆滚动过来，老杨啥时候都抽着他那黑烟。稍停，张师傅也起床，来到院里水池边洗刷，水响的声音溅起来，像珠子一样落满整个院子。小任从公厕里走出来，一边向我们打招呼一边系着裤腰带，我这就去推车。这时候李师傅打开家门，放出来一团灯光。都进家暖和暖和，天还早呢。我们坚持站在院里等，已经敲碎了人家家里人的睡梦，不能够再走进家去，把家里人的残余的睡意也打扫干净。另外，已呼吸外边的新鲜空气，再也不愿去闻任何一家里的混合香型的气味。

我们这是去赶早集。一上路几辆车左右前后错开，横满了整个街道，向前推进。这样子使人想到，几个人一聚齐反而都没有了，一下子融进了这个城市。我们几个人像这个城市的楼房和街道和树木甚至和电线杆和垃圾桶一样，进入了这个城市的结构，化成了这个城市早晨景观的一部分。这种感受忽然给我一种亲切，一种感到自己确实是这个城市的市民的温暖。

这真是去买树桩，张师傅说，要是干别的，打死我也不起这么早。

你说这是谁请咱了？李师傅说，这么冷的天，冻得人上牙敲下牙，浑身打哆嗦，真是自作自受。

我们下这么大的劲儿，小任说，在外行人看来，我们这模样儿，活活是一群疯子。

你们说咱们这群人下这么大本钱为了啥？张师傅说，好好的热被窝不睡，跑出来喝西北风。

为了啥？老杨说，知道为了啥只怕就不会来了。就是因为不知道为了啥，咱们才出来凉快呢。

我们边走边说，有一句没一句的。我们每个人说的话就像每一棵树上落下的树叶，在空中飘扬着飞舞着，被晨风吹得无影无踪。

我每次出来赶早集，小任说，那个着急劲儿，就像我要去找姑娘谈恋爱，老怕去晚了。

你们年轻人没经过"文化大革命"，李师傅说，我每次出来赶早集，就像我当红卫兵时去迎接最高指示。

老杨说，就凭你这句话，那时候也打你个反革命。

小任说，有这么厉害？

一点不错。张师傅说，现在你们年轻人赶上好时候了，我那时晚上睡下第一件事就是在肚皮上画道道，检查我自己办事说话有没有错误。

我想如今人们能骑着车在大街上想说啥说啥，这毕竟说明时代在发展、社会在开放了。 人的意识一旦觉醒活跃过来，任何人想再把它拉回来，是绝不可能了。 过去的旧生活在人们回忆里已经腐朽，谁想再把这些腐朽的回忆重演成现实，该多么可笑可怜和自不量力。 我又想到才几年时间，人们已经把过去的那种神圣的东西当成笑话讲，历史真无情和残酷。 于是对许多人的行为和许多的事件，就在心里想明白和化开了。

经过大石桥，就是一个长长的像历史那么漫长的慢上坡，我们用力蹬着车子，来回拐着往前走。 一蹬上这个坡，身上就觉得暖和起来。 我们去赶早集，比工人路市场要远一倍的路，差不多要走到市区的边缘，再走不远就是郊外了。要是干别的事，说什么也不会这么卖力气。 但这是去买树桩，这是树桩对我们发出的召唤。 这就是树桩的力量，它不仅吸引我们早早起来往这儿赶，还把我们这拨朋友联系在一起，使我们增加了友谊。 从这个角度看，树桩又变成了我们友谊的载体，远远超出了它本身的价值。 看起来价值这玩意儿不仅存在于本身，还需要人们不断地赋予它，通过赋予把它冶炼出来。

如果到工人路市场去赶集，那要等到八点钟以后。 那时候各路卖树桩的农民才能从遥远的乡下搭长途汽车赶到郑州，进城以后还要卸车，把大捆大捆的树桩从长途汽车顶棚货架上卸下来，再雇上三轮车，用三轮车运到市场上来出售。 我们这是去赶早集，实际上是去长途汽车站，迎接乡下来的农民，准确说应该叫接车。因为树桩的关系，让城里人去接乡下人，就颠倒了习惯中的位置。我们在车站接住卖主，要帮助人家出力卸车，在卸车过程中挑选一棵占住；然后又拿烟巴结农民，还给人家说好话对人家笑。人家如果接住你的烟，收割了你的笑，那就会把这树桩留给你，不再卖给别人。但是卖主在车站从来不交易，这样一闹就乱了套。而一到市场上，几百人围来围去，就抓不到你手里。还有一种情况，如果卖主和你熟悉，他可以放心大胆地让你把挑出来的树桩捆在你自行车上，到市场上再议价钱，这就好多了。这种人在人们眼里就算有能耐，很了不起。能和卖主把关系搞到这种程度要泡许多工夫，还要动许多心机，很不容易。我们这一拨里，李师傅和卖主打交道多，他就有这个能力，所以一般都是他带领我们去赶早集。

看起来哪一行里都讲究个关系，在这个关系越网越紧的社会里，人离开关系就寸步难行。连买个树桩都分出这么多差别，把好好的人群差别成四分五裂。

别认为我们这样去赶早集就算最下功夫的人，比我们下功夫的人有的是。据说有人为了买到好树桩，大把大把给卖主在单位里报销车票和药费，暗暗地用公家的钱在这上边投资，这当然效果最好。还有的人能调动汽车，在星期六这天就开车下乡去，到那儿把挖好的树桩挑选一遍，把好树桩掏窝里就买走了。好像只要有人群的地方，就一定要分出三等九级来。不过我不喜欢这样做，甚至买到买不到好树桩都没有关系，我的兴趣主要是来赶早集，来混这份热闹，来蹚这浑水的味道。在这里边，我常常寻找到比树桩更珍贵的东西。

多少年来形成了传统，来郑州卖树桩的由三路人组成。信阳老郑算一个老卖家，年轻轻就干这个，一直到老年干不动了，才传给了他儿子。我不知道他孙子长大了，还会不会干这个。我真害怕这郑家就这么子子孙孙干下去。从他们家让我感到这世界过于老化，停滞不前。好像时间在一个地方凝固了，不再流动一般。

登封县有一伙儿人干这个，老毛起先，后来老毛干别的去了，又涌现出老郭老张等一伙儿人。这个变化还让人不那么难受，人不能老吊在一棵树上。登封这伙人从南边来，一般都停在郑州南站。四哥与这伙人相熟，而自从四哥年迈不再接车，大家就很少去南站了。

我们来接的这一伙儿人，来自郑州西边的荥阳县。荥阳县有个崔庙乡，那里有一帮人干这个行当。这伙人以一个也叫老杨的为首，并且由于挖时间长了，也多少知道一点行情，明白啥样的好，能卖大价钱，偶尔能挖几棵像样的树桩。再加上李师傅和这个老杨相熟，我们就来郑州西站接车。好像别无选择一样，因果关系弥漫在各个角落。

从大石桥出发，骑四十五分钟的路才能赶到郑州西站。赶到郑州西站时，天才开始慢慢地亮。我们把自行车支好，开始站着等车。这时候是一个空当，吃过早点的可以暂时无所事事，没吃过早点的可以在这时候吃早点。 汽车站外边已有人摆摊，有卖面条的，一团热气升腾着；有炸油条的，香味传出来很远；当然可以什么也不吃，等到买定树桩以后再解决肚子问题，我就什么也不吃，忍着饥饿站着等车。

我不吃小摊儿的食品，不知道什么时候开始，我觉得小摊儿上的食品脏了。 小时候赶集能在小摊儿上吃两个热包子，美得很，像过年一般。 进城以后，不知道什么时候我的感觉产生了变化，背叛了乡下人的情感。

另外，我特别喜欢等车的这一会儿时光。 如果是一般的等车，就将枯燥无味。 这种等车，对于我来说有很大的象征的外延性，使我觉得我是在等待着一种什么。 在我的体验里，凡是有什么要等待时，或等待希望，或等待失败，都会使我产生一种激情。 而许久许久，我已经没有什么要等待了。 现在又有了什么要我等待，我感到兴奋和不安。 于是，在整个等待的时光里，我一边等待着，又一边享受着这等待。

七

天大亮时街道上开始形成车流，空中飞溅着车笛的碎片。 各种各样的声音从各个角落很快泛起。 数不尽的楼房争抢着占领着空间，很快就把城市的白天组建起来。 新的一天开始流动生命的时光。

从崔庙开往郑州西站的长途汽车还没有来，我们还在像等待戈多一样等待着。冷风已经吹干了我们身上的耐心，把衣服从身体上剥离，开始往我们的身体内部注射。我们不断地抽烟，不停地跺脚，在等待中克服着寒冷对我们的迫害。我们全把脑袋扭向西边，瞪大着眼睛，谩骂开过来的一辆辆汽车，渴望着出现奇迹。

这时候我已经没有了享受等待的情致，慢慢地走进了等待的本身。思考的机器已经停止运转，不再生产任何的意义和联想，完全进入了等待的实在，这使我具体感受到同化的力量。从崔庙开过来的长途汽车成为我唯一渴望看到的目标，买到树桩成为我全部的追求和理想。

在天亮时我们的队伍又不断地扩大。一拨玩根雕的人加入了我们接车的阵容。不过，我们对他们没有戒心，他们和我们要的不是一类东西。另外一拨人却是玩盆景的，经常在市场上照面，虽然远远地站在车站门口，却使我们感到紧张。这一拨同行的出现，拉满了竞争的弓弦。车还没有来。李师傅就小声告诉我们，不要怕，他们不知道这车往哪儿停。车只停在车站外不往里边进，我们站的地方正好。这就使我们明白，我们占据了有利的地势。李师傅常来接车有经验，这辆车老在站外下完了人，才开进站里边。

大家注意，李师傅说，这事可不能谦让，到时候动作要快，谁抢到手就是谁的。

李师傅的话像战斗动员一般。

一个老头蹬着三轮车慢悠悠过来，把三轮车停在了我们身边。也不下车，就坐在三轮车上开始抽烟。抽着烟时，抬头看见了李师傅，就笑了笑，算打个招呼，却不说话。

他也是来接车的。李师傅给我们介绍，这老头每星期天都来接车，多少年都是他拉老杨的树桩。我就想到十年前一个中年人蹬着三轮车来接车，拉老杨的树桩，如今老杨老了，这中年人也进入了老年。只是老杨还来卖树桩，这老头还来接老杨。终有一天，他们将谁也不等谁了。人就像漂在时间河流上的帆船，终有一天要奔向江河回归大海的。时间太残酷，它就像一把快刀，专门收割生命。

老杨咋还没来？该来了呀。李师傅对这老头说。

不要慌。老头自信地说，他肯定来。

老头说完，又埋头抽烟，整个人蜷曲收缩在那又旧又大的棉大衣里，连脑袋也捂在那棉帽子里，一动不动。他这模样使我想到一座年久失修的老屋，一座吃力摆动着的老式钟表，一个专门收藏破旧东西的瓦罐，甚至一个埋葬许多岁月的坟墓。

早上从崔庙开进郑州的长途汽车总共有两班。李师傅说在夏季早，在冬季晚。第一班七点四十分左右到，第二班八点十五分到。多少年来，老杨带他那一伙儿人，就搭这两班车。他们家不在崔庙镇，而是在山里。他们在山里挖一个星期，在星期六这天把树桩运到崔庙镇，第二天搭车来郑州。这已经养成一种习惯，被固定下来，很少改变过。好像这世界上任何人都在制造着一种规律般的东西，把这东西联系起来结成网，就成为世界的秩序，沿着这个秩序运转，就形成了法则。

我们常常有一种感受，在法则面前无能为力，常为冲不破法则而灰心丧气。那实际上不是冲不破法则，而是冲不破我们自己。

我们不停地看表，这该死的手表由于表盘太大，表针走起来就很吃力，总他妈的走不快。一直到七点四十分时，我们的忍耐达到了极限，再也沉不住气了，都把身体向西转正，恶狠狠地盯着西边来的汽车，一个个气急败坏。

如果汽车开进我们的视线，大捆大捆的树桩放在车顶货架上，堆成小山一样，从远处一眼就能抓住。

蹬三轮的老人看看手表，慢腾腾下车，双手扶住车把，也做好了准备动作。因为他发现远处有另外的三轮车过来，他要抢在前头，不能让别人夺去他的生意。虽说运树桩一辆车不够，本来就需要两辆，但是万一树桩少呢？他还是要做好最坏的准备，一马当先，冲上去，占住先机。

来了！小任眼尖，先叫起来。

我们接着也看见了，一辆载着大捆大捆树桩的长途汽车从西边开过来，并且汽车在开近时开始减速，缓缓向我们驶来。这时刻玩盆景的玩根雕的所有的人都动起来，我因为不知道怎么办，急得原地踏步不知往哪儿跑。

还是李师傅有经验，看到车开近时就喊叫我们快跟着车跑，车一停就上。车上人往下递，车下人接。我们这才跟着车跑起来。车果然滑着滑着停在了站外边。车刚一停稳，李师傅和小任就抢过去抓住了爬上车顶的铁梯子，一跃而上。我们这一拨人总算首先冲了上去，占领了车顶的阵地。简直和打仗攻占山头一样。

另一拨人判断失误，没有抓住时机，只好冲过来站在车下，准备和我们一块儿接货，在接货的过程中进行竞争。这使我们车下的几个人也紧张起来，一边还要笑着表示友好，一边占着铁梯一边守住地盘不肯相让。倒是几个玩根雕的人比较轻松，站在我们身后等待，一副不慌不忙的派头，稳扎稳打一般。

车顶上地方小，也只能站两三个人。我们这一拨占了先机，小任就站在车尾部切断后路，堵住铁梯以防有别人再往上冲。小任让李师傅在车上翻着捆挑选树桩，他顺手掂起一小捆就顺着铁梯往下传，开始卸车。另一拨人挤着来接，老杨个高，一伸手就托住，用力抢了过来。我和张师傅也不甘落后，两个人共同又抬过来一大捆。那真是一个关键时刻，一个个瞪圆了眼，手忙脚乱。

我们的全部希望就在这时候了，把接过的捆子弄到一边，放在地上。发现捆儿里有可取的树桩，就往外抽。因为这时候卖主不让我们解绳子，急着装车，时间在这一阵儿就显得格外短。

一般来说，中小型树桩都用绳子捆在一块儿，只有大型树桩才另外单独放在货架上。站在车顶上，主要是优先挑选大型树桩，一经发现，就可以占为己有。当然发现有极好的中小型，也可以在车顶上从捆里抽出来。但是由于时间紧迫，来不及细看。再说小任又义气，照顾车下的兄弟，就一个不挑，专门往下传送。于是他一边往下传就一边大声叫喊，张师傅老杨你们注意，给我找一个悬崖的，我就要一个悬崖的！

捆子一放在地上，就当不住家。另一拨人也围上来乱抓，玩根雕的也围上来下了手。实在是一场忙乱。这时候天气一下就不冷了，好像忽然走进了夏天，急得我头上冒出热汗，一下子抓抓这个又抓抓那个，算看不准哪一棵好了。还是老杨水平高，手疾眼快抽出几棵树桩，竟然给小任抓出来一棵悬崖的中桩，相当漂亮。

张师傅啥时候都是善良，他看我急得抓不住好树桩，就一边抓一个递给我让我拿好。他说这几个桩子都不错，看中哪个你先挑，剩下的是我的。因为他知道我刚玩，水平太低，在这么快的时间内不可能挑选出好桩。他是过来人，很体谅新玩家。我很感激他，在这种时刻，他还想着别人，很是难得。

不过这时刻我忽然产生另外一种感觉，一边实在是想抓到一棵好树桩，不过抓不住也不要紧。就这么又抓又挖地抢，疯样地闹，这已经让我很满足了。好长好长时间，我没有这样的体会，没有这样生活过了。进入这种生活使我感到我身上还有活力，我还很年轻，甚至我感到我自己还很新鲜。

就在我们抓树桩的时候，卖主老杨带着几个人走过来，一点也不惊奇，习惯地黑着脸吆喝：不许解捆，到集上再卖，你们挑出来也白挑。 又指着老头的三轮车说，装车装车。 训斥我们那模样像训斥孩子。 我看着老杨那威风的派头，就像看见我们党支部书记。 说实话我们支部书记派头虽然也很大，却没有他这么凶恶。 两者比较起来，远没有我们支部书记作风民主接近群众呢。

卖主命令我们装车，我们不敢违抗。 一边挑一边给人家装车，把捆子往三轮车上搬运，搬运时还扭着脸给人家送笑。 我抓住时机还给人家一人一根烟，人家接住烟顺手夹在耳根，连个笑脸也没有还给我。 并且装车时，三轮车工人不动手，卖主也不动手，只是指挥命令我们。 这已经形成习惯了，谁来接车就卸车和装车，帮人家干活儿才有权利挑选树桩。 这个习惯真好，使乡下人在城里人面前居高临下，一瞬间在精神上成了贵族。

也就在这个时候，李师傅在车顶上大叫起来：张师傅老杨，快把这个大的接住！ 这个是我的，我要这个大的了！

李师傅的叫声有点特别，我们一块儿抬头去望时，一棵大树桩已经弄到铁梯上挂着悬在空中。 老杨一眼竟看呆了，一棵好树终于出现了。 这就是李师傅那棵黄荆老树了。

我们都赶去，把这棵老树抬过来。 抬的时候我感觉到分量特别重，少说也有七八十斤。往地上这么一放，玩盆景的人全围了过来，连玩根雕的也凑过来看。这真是一个大家伙，树根处比桶还粗，从树根到树干苍老弯曲，铁骨铮铮，树顶部又交叉盘旋着几根树枝，虬扎多变，气势非凡，却不到一米高，实在是棵难得的好树桩。老杨的手一直抓住它不放，一直等到李师傅从车顶上下来，才手把手交给了李师傅。我明白他这么做，是害怕别人也来抢树，发生纠纷。

说实话，在我看到这棵树的时刻，虽然并没有看出来好在哪里，好到什么程度，但也觉得它与众不同。最突出的感觉是这棵树又老又大又奇。看起来老玩家们说，只要确实是好树，谁都能一眼看出来，这话是经验。

老头的三轮车已经装满，另一辆三轮车也装得差不多了，卖主这才走过来用绳子把货物和车子捆在一起，防备路上往下掉。由于李师傅和卖主老杨熟悉，我们挑出来的树桩就由我们带着，纷纷往自己自行车上放。李师傅由于得了好树，树又太大，往自行车上捆时手发哆嗦，小任帮着才把他的树捆好。这个细节被卖主老杨看在眼里，张师傅就小声对我说，这棵树今儿个不会少要钱，李师傅今天怕要挨一刀了。

卖树桩的把对买主要钱叫杀一刀，也叫撒一网，也叫捉大头。这些话又形象又生动。

要说一阵忙乱也就十几分钟光景，大家都弄停当，开始往集上赶。这时候三轮车启动，卖主老杨他们高高坐在三轮车上。我们这一群接车的就前呼后拥跟着三轮车,队伍一下子显得浩浩荡荡,差一点就壮观了。

卖树桩的农民高高在上坐在三轮车上,三轮车工人弯腰一下一下用力蹬车,我们围着三轮车,这阵势这场面使农民显得像国王,我们城里人像臣民。我就喜欢这个味道,实在使人感到刺激和兴奋,我愿意就这么走着,永远地走下去。

想想真是有意思,完全是由于树桩的原因,就颠倒了城里人和乡下人的关系。因为有树桩来卖,乡下人便在城里人面前挺起胸昂起头居高临下;城里人因为要买树桩,就在乡下人面前夹住了尾巴,弯下了腰。树成为改变人与人关系的载体。看起来载体这玩意儿真厉害,只要找到它,就可以把一切关系改变,甚至改变这个世界的秩序呢。

八

郑州的地势西高东低。我们去西站是慢上坡,从西站回来自然就成了慢下坡。要在平时,骑车慢下坡是一种享受,可以品尝人在走下坡路时的丝丝快感,甚至会产生一种堕落的渴望。这时候因为天冷,脸上就撞过一层层麦芒般的风,就不是太好受。不过车蹬着是轻,速度也快。我们这个队伍一会儿就赶到了工人路口,拐进去,越来越接近市场。

李师傅呀,张师傅小声地说,你可要早些和他们讲价钱,别让一干人围着起哄,那就难办了。弄不好,你今天要让人家撒一网。

早些说价钱也没用，老杨说，你�看了，这棵树今天不会少卖，挨一刀怕是一定了。

李师傅说，不会吧，也就二十块钱封顶了。

老杨说，二十块钱刹不住。反正不管再贵，你不能撒手。

李师傅说，那当然。他要一百，我也认了。

他敢！小任说，这树也就二十块钱到天了。他敢多要一文，你找我。

小任在议价方面是把好手。李师傅就说，我先和他们说，弄不成了，小任你再上。

我知道他们生活得都不富裕。这年头工厂的效益又不很好，动不动就发不出工资来。对付日常生活就很吃力，往树桩上花钱时就很小心。我听着他们的谈话，一声不吭，不敢多插嘴。

我的这一拨朋友差不多都穷。别看他们穷，却又极自尊。我比他们在经济上宽裕一些，反而时时处处要非常小心谨慎，害怕在一些细小的地方伤害他们的自尊心。和这拨好朋友一块儿混，得让他们感到你是他们中的一员，这才能融入他们的意识和情感。

有一次我买树桩不讲价钱，多给了农民钱。我原本是乡下人，生活在山里，往往站在农民的立场上。我想着农民挖树桩不容易，不知翻过多少山梁，撬开多大的石头，才能把树桩挖出来。一看见树桩我就想到山坡上的险路和农民的热汗，甚至他们喝着山泉水啃冷馍的场面。朋友们却埋怨我不该多给钱的。他们说你这么弄，不在乎你多花钱，这就是抬高市价，把市场弄乱了。别人呢，就会厌恶你，往后你就没法在市场上混。这可把我吓坏了，我才知道多给钱不可怕，抬高市价不危险，可怕和危险的是我可能脱离这个可爱的群体，成为这个市场上最不受欢迎的人，自己把自己孤立起来。

一路顺风，我们这个队伍在八点多钟开进了市场。在接近市场时就迎上来一拨又一拨的人，三轮车不敢停下来，用力蹬着往市场上冲。这一拨又一拨的人就跟着三轮车疯跑，有的人一手还抓住三轮车上的树桩捆子，做好了抢树的准备动作。这些人的行动又带动了等待在市场上的几百个人，三轮车的到来，启动了整个树桩市场。

三轮车工人按照老经验，飞快把三轮车蹬到老地方，跳下来就逃，远远站在一边，这才开始镇静下来，摸出烟来抽。卖树桩的老杨他们，在三轮车还没有开到老地方前，就已经一个一个仓皇从车上跳下来，连忙躲到一边。他们知道这时候他们已经管不住自己的东西，能及时逃出现场，不被裹在人群里，让抢树桩的人们伤着，就已经是万幸了。

树桩进入市场，就像给市场下了道命令，所有的人都疯跑起来。人们跑过来，围着三轮车，里三层外三层，乱喊乱叫乱抓乱挖，开始了一场争夺树桩的混战。多少年来都是如此，卖树桩和买树桩的都已经习惯了。

我们因为接车时得了树桩，就不再往人群里边挤，远远站着看热闹。只听一股股叫喊声冲上初春的天空，又像雨点一样落下溅满在市场上。

解捆呀，先他妈的解捆！

快拿刀子！谁有刀子？

我有刀子，闪开闪开，让我把绳子割了！

我抓住这棵了！

别撕破我的衣裳。挂住我的衣裳了——

这棵是我抓住的——

手表，手表，我的手表挤掉了！

你抓我眼镜干啥？

…………

虽然这次我没有冲进去抢树桩，而以往我也是常常冲进去的。在冲进这个混乱的人群以后，你什么都不想了，脑海里只航行着一只帆船，那就是树桩。在挤进去手抓住树桩的一刻间，人就像疯了一样，从心里往外着火冒烟。这大概就是人特有的最佳状态，就是发狂。过后我自己常常回想，为自己的行为和状态吃惊，甚至不相信那就是我自己。

一个最奇怪的感受是，那明明是一场混战，冲进去实在是一种拼搏，过后却感到格外舒服和轻松，比任何一种休息的方式都让我感到享受。我这才发现我自己的可怜，我生活的小圈子对人性的折磨和迫害。我成天困惑在思考的牢笼里，还欺骗自己是在思考全人类的命运，在关心这个世界的未来，却不知我自己生命的机能在这个牢笼里转圈转得萎缩和蜕化。 一个不断蜕化萎缩的生命能思考出什么呢？ 我像一粒种子被放在文化老磨的磨眼里，在两扇老磨之间追求和寻找着人生的意义，却不知道最终会把我的本来如种子般的生命研磨成粉末，让历史的老胃把我收割吞食消化到无影无踪。

看起来人们在思考和发展文化的过程中，又受到了思考和文化的异化和压迫。 我的这种参加混战抢夺树桩得到的轻松和休息，是对思考和文化的一种逃脱。 或者说是对思考和文化的一种反动。 这种逃脱和反动给了我刺激，使我与外界的生命交流，使我对外边的阳光感到新鲜。 于是这种拼搏这种混乱将永远诱感吸引着我，使我在不能赶集的季节里非常痛苦。

冲进人群中去抢树桩，这对每个人都是一个考验。 在几百人中，你首先要把握时机冲上前去，接近三轮车；然后你必须在接近三轮车时，一眼就从车上的捆子中选出树桩，又要一把抓住，再不敢松手。 在这几秒钟，甚至一秒钟内，一眼里边，就考核了你养盆景的经验和审美水平。 在市场上买到买不到好的树桩，在很大程度上就取决于你这闪电般的一眼。 剩下的才是你身体素质的考验，你要有力量挤在中间不让别人把你扛出来；你要牢牢抓住树桩，不论出现任何情况和干扰决不能松手，直到把这棵树桩抓出来，完全抢到你怀里为止；然后，你才能拿着树桩走到旁边，仔细观看你的树桩有没有价值，有没有发展前途，有多大发展前途；最后再决定买还是不买。

有时候我觉得这个混乱的场面有丰富的象征性，使人想到蚂蚁争食，使人想到火车站买票，使人想到一锅饺子，使人想到电影院门口，甚至使人想到"文化大革命"，以及"文化大革命"产生的必然性。 有时候甚至想到这树桩一个一个来到这市场，就是为了串联起来编成一个圈套，组成一个阴谋一样。

这场混战一般都在几分钟内就平息下来。 这时候人人拿着抓到的树桩走到一边，或掂在手里，或放在地上，或贴在树上，或靠在墙根，开始呆呆地看。 这时候市场就安静下来，全都进入了一种审美的氛围。

卖树桩的老杨们开始捡起被割断的绳子，把它们接起来缠绕在一起，装进提包。 蹬三轮的工人收过运费，不慌不忙推着三轮车，骗骗腿跨上去，蹬着车远去。 只一会儿工夫，人们就开始把刚才抓到手的树桩一个一个往卖主跟前扔，这说明刚才的拼命全部化为泡沫，没有抓到好树桩。 卖树桩的老杨一边收拾，一边自言自语：不抢了？ 都不抢了？ 我就知道你们抢得快，扔得也快。 安生了，这一下你们全都安生了……

那些抓到好树桩的人，自己细看之后，又找朋友们来商量和参谋，共同研究这树的形象，把它的前程设想。 卖树桩的人这时候就分别找着打量，记住这些树桩比扔了的值钱，先在心里给它们一个一个估价，然后再往高处虚一点，等待买主来讨价还价。

别看这么多人又抢又夺，如此混乱，连卖主都逃掉了，卖主却根本不担心有人拿了树，不给钱，如果有人偷了树桩，不怕卖主发现，他还害怕朋友们看不起他。再说玩这个玩意儿叫盆景，盆景这玩意儿叫艺术。能不能玩出名堂，那是另外一回事。一说这东西是艺术，自己先把自己艺术起来抬举起来，不花钱偷了人家树桩，也就伤害了自己。这样形成习惯，也就形成了这个市场的风气，多少年来都是这样，人们自觉遵守着它维护着它，甚至是珍惜着它。

虽然卖树桩的卖了多少年，同样的道理，农民也知道城里人买它是弄艺术，这也就让艺术吓着了卖主。卖了多少年，他不知道什么样的树桩值钱什么样的树桩不值钱。卖树桩和卖红薯一样，一般来说个头大要钱多，个头小要钱就少。再一个就是看城里人眼色，看着你牢牢拿在手里不放，你一定要买，他就要钱多；你往地上一扔，他就要钱少。这就使讨价还价本身外延出许多意义，实际上也是一种心理上的较量。

从这个角度看，按往常的经验，李师傅这棵树桩在心理上我们一上来就输给了卖主老杨。本来这棵树就好，等到混战平息以后，许多人过来围着看。越围人越多，都说这棵树桩好。我们这拨朋友就觉得情况有些不妙，这棵树桩的价钱怕要抬到天上去了。

一到市场上,四哥和大毛他们都来了。我们会合到一起,来讨论李师傅这棵树桩。四哥只一句话,就把这棵树桩抬举起来。四哥说,我想着该出世了,一大早起来我心里就不安,连忙往市场赶。一看见它,我就知道是它了。

四哥的话说得很动感情,他有老经验,知道郑州每年要出一两棵好树。看见这棵老树,他知道好树终于出世,自己得到得不到不要紧,只要看到它出世,四哥就满意就放心了。

大毛也说,我一看见它,就想找点啥把它盖住。树太大,啥也没找着。这么多人一围一看,李师傅今天怕要挨一刀了。

荣彩,四哥催着,你赶紧去掏钱呀。

四哥,这么多人围着……李师傅说,咋弄哩?

小任,你去把卖主叫来。四哥吩咐说,就说我老四叫他哩,把他叫过来说。

没有估计错。小任把卖树的老杨一叫过来,老杨看见四哥就喊哥。亲热是亲热,一开口就是五十块钱。

老杨呀老杨,四哥指着老杨说,都是老朋友,凭良心说买了你多少年树?你不能见钱眼开,连交情都不要了。

四哥呀,卖主老杨说,就是看在你老面上,我才说五十块钱,要换换人,少说也要八十块钱。

咱都是老交情,不能这么弄。李师傅连忙给他递烟,抽烟抽烟，抽着烟再说话。 这树是我要的，四哥是说公道话。老杨，二十块钱，我给你的不少。

二十不中，说五十就五十。 老杨说罢就去搬树，你李师傅不要，有人要。

李师傅买树心切，连忙拉住老杨，不再还价，从口袋里向外掏钱。

李师傅把钱掏出来，都是五元票，伸手在嘴唇上湿了一下，一张张点完，把钱递出来。 就在老杨伸手接钱时，中间伸过来一只手，把钱抓了过去。 小任一手抓钱，上前一步横在了李师傅和卖树的老杨中间，另一只手往后摆摆，叫李师傅退过去，转过身面对面站在卖树的老杨脸前。 我们心里都松了一口气，知道小任要出场，这价钱一定会滑下来的。 在我们这一拨里，小任干这个比谁都在行。

老杨，这是我师傅哩。 小任说。 可是集上来人太多老杨也没法说。 走走，咱两个过一边儿说说。 小任拉住老杨就走，又把老杨送回到树桩的摊儿那儿。

我们都没有跟过去，远远望见小任和老杨瞪瞪眼又笑笑，笑笑又瞪瞪眼，不知道在那儿说什么，最后便见老杨接了二十块钱。 小任把三十块钱又拿回来，还给李师傅。 我们虽不知道小任怎么和老杨说的，但是都不觉得奇怪。 大概人来世上会干什么那是一定的，本事并不是学习来的，而是天生的。 学习只不过是一个诱发和牵引的过程。

本来，要按往常的习惯，我们要在街上熬到近十一点钟才散。买了树桩，再说说话。到时候还一块儿到花盆店里看看盆，对着正宗的宜兴紫砂盆呆呆地望一会儿，伸手摸摸那古朴的粗砂盆面，对着那昂贵的价钱悄悄叹一口气，饱饱眼福再离开。这天由于李师傅得了好树，一干人干什么都不再有兴趣。李师傅也一遍遍散烟，对大家说今天谁都不能走，一块儿到真情园砍树。于是大家早早离开市场，带着树桩回真情园。怎么修这棵树桩，把它砍成什么样子，对我们每一个人，都充满了诱惑。

九

如果按照盆景艺术的流行语言讲，采到的树桩叫毛坯或叫素材，入盆之前给毛坯的最初加工叫修坯。河南人语言简捷，把这个过程叫砍。我们这拨朋友一块儿到真情园，要砍李师傅得到的这棵老树。没砍的树叫野树，砍过的树就入了景。一斧头下去，就砍断了野树腐朽的历史，开创神奇的新生活。所以这个砍，也就是老树化腐朽为神奇的界线，老树从此要告别过去，开始一种新的生命历程。

这很有点像最初猿猴站起来，把两只前脚举起在空中，拿起石头或木棍当工具，去猎取别的动物或植物的果实当食物一样，从这里进入了劳动进入了文化变成了人类。在形式上不同的是，老树从砍这个过程迈过去，进入了花盆进入了艺术。这里有一个区别，那就是动物这个本质上的进化和转变是主动和自觉的,而植物这个本质上的转变是被动和不自觉的,是由人来帮助它完成的。这就注定了动物永远主宰着植物的命运,上帝从一开始就制造了差别,于是这个世界上就永远没有绝对的什么公道。

最有趣的是上帝把人造成了世上万物的精灵,却又给人一种理性,让你知道你会走向死亡。于是人类比动物比植物的高明之处就是知道自己会死亡。这又给人了一种永远的限制,使你悲哀和困惑,把你局限在人生里,永远恐怖上帝不敢犯上作乱,只能够做人,不能够做上帝。每每这样想时,我就感到上帝的险恶。这样想来,似乎人类应该明白,我们的任何泛泛追求都是没有意义的,我们追求的终极目标,应该是把上帝变成人类或动物和植物,把我们自己上升为上帝。终有一天,我们应该把上帝捉住,把它当成老树一样砍一砍,塞进我们的花盆,那该有多么好啊。

平常我们买到树桩,一般都是自己动手砍。有两个人一块儿商量着砍,就已经很重视很郑重了。因为李师傅得这棵老树是珍品,就散烟就说好话请大家一起来研究着砍,这在过去是极少见的。而大家也乐意来参加讨论,参加这种讨论,对谁都是一个提高的机会。从这里就可以看出来,盆景艺术家们对艺术追求的执着和他们诚恳的态度。

在动手砍之前,要先看。先放在平地上,由两人扶着变换姿势,让人们围着从各个角度观看。然后基本上找着了老树的最佳姿势后,又把老树支在高处,换一个视线再细细观看。通过这么反复地观看和研究，先给这棵老树取势。取势这个词是行话，也就是看看将要给这棵老树栽成什么样的姿势，才能把老树的最佳姿态亮出来，透出它独有的神韵和味道。

这取势也叫立身，就是给老树立身。立身是根本，如果立身不正，那就会败坏老树的前程，将来怎么造型也掩盖不了树态的邪气。这很像建筑楼房的地基，基础扎不正，楼房怎么建都不会端正。也很像建设一个人的品质，人品建设不好，纵然有才华也是歪才，成事不足坏事有余。

看着简单，把一棵树往盆里就这么一栽，就算盆栽，却不知这一栽有很深的学问，可以直栽斜栽卧栽平栽，甚至可以倒着悬栽。这取势有千种变化万种气势，一种变化就是一个崭新的景观，就是一个不同的命运。

大毛主张把树头往东边倒一点，他说我看这样栽好，这样栽显出一个险字。将来造型时顺势往东飘下一根动枝，要飘得长，飘得洋洋洒洒，就会形成一种险势。这样就会使人往树前一站，感到站在险山悬崖边上，给人一种动感。不仅树的气势大，而且给人留下联想的空间，使观者想到险山的悬崖风光，使观者也进入一种创造意识。

还是立着栽吧，张师傅说，这么老的树，和一个老人一样，你叫他站在那险山的悬崖边上，风那么大，老是危险，给人一种不安全感。就像这老头疯了，到处乱跑要跳崖自杀一样。直着栽，将来造型往稳住造，可以看出老树的忠厚和善良，四世同堂，子孙成群，老来享福。多好！这样，人们看见这棵老树，就像看到一个家族的老族长，满面红光，飘着白胡子，令人肃然起敬。

李师傅看见大家这么认真讨论，非常高兴，给大家又散了烟，对四哥说，四哥你说说嘛，不要老看。咱们这拨人就你资格老，有经验，道行深，都想听你的哩。

四哥笑了。四哥笑起来就像一棵老树抖动了枝叶。他说我的意见不见得好，别看我是老玩家，这玩树是玩一股精气神韵，我年纪太大，气脉已经不足，血气已经不旺，我不会设想出好的树势。还是你们说吧。

四哥，你这可不是弄事来头。老杨说，你不放话，今儿个这树说不成。

那好吧，四哥说，你们逼着我说，我就说出来大家品评品评。我看按张师傅说的取势好，不妨再栽直一点，直出这老树的拙来。不妨把笨也亮出来。树老了和人老了一样，不要疯疯癫癫当妖怪，老就是老。这样立身，突出拙笨，方显大家风范。将来造型时要平静。平静可不是平稳。平稳有呆气，而平静有仙气。动枝和静枝协调，有动有静，一动一静化开，就不显山露水。这样，意境就丰富。人往树前一站，只觉得面前聚着一团气，就感到树大而繁荣。虽然是老树，老而不朽，主要突出树的大和树的繁荣。

都说四哥说得很好。李师傅说，千人打锣一人定音，就这么取势吧！看李师傅那满脸笑容，他显然很满意。没料想四哥突然向我发问，小兄弟你也要说说，我看出来你不同意我的意见。我红了脸，连忙说我刚学，啥都不懂，我能说出啥意见？我最同意四哥的意见了。

小猴不要耍老猴。四哥指着我的鼻子说，你给我老实交代吧。又说刚学不要胆小，咱这是商量。这玩树和你写文章一个道理，通。说吧！

四哥这是抬举我，我不能不说。我先说我不懂取势，我把这树当文学作品看，我不同意四哥的意见，太稳。我也不同意大毛兄的意见，太险。我觉得应该是另外一种样子，到底是啥样子，我就想不出来了。

我的话把四哥说笑了。他哈哈笑着说，这就对了，这话有道理，也说得够朋友，说明咱作家确实是咱们小兄弟。我看不用再说了，千人打锣，一人定音，老杨你说怎么取势吧，这拨人里我清楚，你说了才算。

老杨一直在抽他那黑烟，一根接一根抽，不吭气。这时听见四哥点名叫他说，他笑笑说，四哥说了，我还有啥意见？我看就按四哥说的取势吧。不过多少往大毛那儿靠一点儿，这样，这棵树就像大毛老了，不能像四哥老了。一句话把大家逗笑了。

张师傅又开玩笑说，更不能像我老了，老没出息。气氛一下活跃起来。四哥主持大局，摆摆手说，就这么定，开始砍吧。

取势一定下来，就要开始修坯，也就是开始砍。这个砍可是个细活儿，要把老树的神韵砍出来，要把老树将来的前程砍下个完美的基础。也就是立好老树的骨架，这才能给将来老树的血肉——枝叶修好道路。

小任把砍树的工具一一摆好，手锯、斧头、砧子、树剪，一应俱全，然后起身叫喊，谁来弄事？我打下手。打下手是出力活儿，小任年轻勤快，又肯出力，老哥们都很喜欢他。

树是李师傅的树，李师傅就说我来砍，小任给我打下手，你们指挥着。按平常习惯，就这么办，树是谁的谁砍，砍出毛病也好担待。张师傅和大毛已经落坐在砖头上准备观看。四哥已坐稳破椅子，准备指挥。我也撕开一包烟，给大家散过，准备旁观学习技术。没想到老杨忽然扔掉黑烟站起身说，我来砍吧，张师傅你给我打下手。

这个突然的变化，使我们出乎意料。老杨这么主动下手砍树，又不要小任打下手，点名要张师傅打下手，连李师傅也不要打下手，让大家呆了，让四哥乐了。

李师傅的树，老杨要抢着替他砍，李师傅当然高兴。老杨手高，这是大家公认的。只是不要他打下手，只要他看，他有点不明白。大毛看着李师傅笑起来说，李师傅你过来吧，有人替你砍还不好？还不知为啥在那儿发愣，这是怕你心疼，不舍得下手。

四哥哈哈大笑着说，我想着就该这么砍。本来我年纪大了，要再年轻十岁，该由我来打下手，我今儿个说句倚老卖老的话，这棵树或由谁砍，李师傅你都不能插手。 还有句话说到当面，砍到中间出现争论，都要让老杨决定。 老杨你想怎么砍，就怎么砍。 如果大家还信我这个老不死的，就这么定了，过后没话说。

砍一棵树，还这么隆重认真，我过去实在没有见过。 一边觉得有意思，一边觉得多少有点小题大做。 不过这话只暖在心里，不敢说出来。

李师傅问，按几年砍？ 他还是沉不住气。

四哥说，按八年砍，八年成型，也就够了。

老杨抬起头说，四哥，按十年砍吧，得棵好树不容易，养十年成型并不算多。 就这么定了，十年！

我要说他们这几句话给了我很大的震动，使我慢慢地通过联想，掂起了十年时光的分量。 那种认为有一丁点小题大做的感觉一扫而光，我一下认为就应该这么隆重这么认真对待这棵老树。 你如果认定你要干什么，那么就要郑重地又是认真地去做。 似乎这么做的价值并不在于结果，而在于你认真的态度。 这个态度永远是你追求的价值。 似乎人生也是同样的道理。 我们奋斗，我们追求，都是为了完成一种态度，而不是做出什么成绩。 成绩只是过程中开放的鲜花，态度才是目的结出的果实。

那天砍树一直使我久久难忘。 又不是自己的树，四哥为什么就那么要决定什么，又决定了什么呢？ 那是自己的树，李师傅为什么不放心自己，而请朋友们为他取势又砍树呢？

明明别人的树，老杨何苦要自告奋勇挺身而出呢？又拒绝别人的意见，先是按照十年来砍，后来又一意孤行，在发生争吵时顽固坚持己见，把老树砍完后，使大家心里都不那么舒服。因为有几处，四哥都认为先留留，而老杨硬着脖子红着脸硬是把它们一一砍掉。结果砍完之后，竟砍去了老树的三分之一。这一切都是何苦呢？

砍完树的第二天，我就感觉到了什么，骑车去看李师傅。李师傅见我就说，我昨天夜里做了一夜梦，梦见老杨这个别子，把我的树砍坏了。我去找他吵架，我们两个打了起来。我把老杨打倒在地，他满脸是血，还硬着脖子说这么砍是对的，说完就去抽他那黑烟。

我心里一动问李师傅，你认为老杨砍坏了吗？李师傅说，我还说不准，反正有几处应该先留留，不该一下砍了。

下午我沉不住气，又去找老杨。我说我见李师傅了，李师傅说他做梦和你又吵又打，你把他的树砍坏了。老杨一下就笑起来。他说，我知道我砍时他心里太紧张，只是我又不能明说。四哥说这棵树按大树养，将来养成了，是一种繁荣的意境。我知道这不对。这棵树我反复看过，是一棵枯树，应该按枯树砍和枯树养，将来养成了，还不是一种繁荣，应该是一种枯荣的味道。枯荣比繁荣耐品，意境更高远一些。只是四哥那么大年纪，我没法说这个枯，说这个枯，怕年纪大的人伤心。

老杨又说，要说咱是何苦呢？又不是咱的树，只是我这个人毛病就在这里，一看见树什么都忘了。 不管怎么说，出一棵好树不容易，要对得起这棵树。 这比什么都重要。 朋友们相互之间有点别扭，过一段解开就好了。 如果把树砍坏了，那就什么都完了。

我就牢牢记住这句话——要对得起树。 这比什么都重要。

十

老树，请你告诉我，你是否就是这样诞生的？ 就是这样告别了你那腐朽的历史和历史的腐朽，进入了神奇进入了文化进入了灿烂的艺术世界？

也许你不是这样诞生的，这样的诞生只是我个人对你的诞生的感受，也就是我的感受的诞生。 不同的人对你的诞生会有不同的感受，会有不同的感受诞生出来。 就像瞎子摸象一样，我们都不可能摸到你的本质和全部，我们只是接近你。 甚至我感受到你诞生了，告别了腐朽进入了神奇，你自己却感到你自己是告别了神奇进入了腐朽，或者告别了自然进入了扭曲，或者告别了生命进入了死亡。

只能够说你的诞生是在我的感受中诞生了，是在我的回忆和想象中诞生了。 或者说是在我们这拨养树的朋友们的渴望和理想中诞生了，诞生的是我们的渴望和理想。

这已经很让我嫉妒你，这么多人为你袒开了自己的真诚和善良，你比我生活得要幸福。我做梦都想像你一样生活在这个世界上，那该有多么好。但我知道这想法太自私，希望享受到真诚和善良的情感，就必须自己先付出真诚和善良，这使我想到这个世界的奇妙，那就是人心在灰暗时便感受到这个世界是丑恶的，人心在美好时便感受到这个世界的美好。也许原本这个世界没有色彩，色彩只是我们自己对这个世界的感受。也许甚至这个世界并不存在，这个世界只存在于我们个人的感受之中。那么就可以说，对于善良和真诚的人，无论如何这个世界总是美好的。

老树，请原谅我的片面性和武断，就我个人而言，我将依靠我的感受认为你无论如何是诞生了。现在你已经发芽抽枝蹬根旺长，奔向枯荣。你将用你的枝条把时光一年一年地抽出来，你将用你的树叶把岁月一片一片地收回去，反反复复把这个世界的生命诞生和流逝。我每次去看你，面对你时就想到许多。我原来从少年走向了中年，从简单走向了复杂，如今又从中年步入老年，渴望从复杂走向简单。老树，我能否再走向简单？而且有时甚至想到，我没有能力走向简单。就是走向简单了，会不会再走向复杂？后来又想到，只要活着就不会有结果，就会没完没了地反复，一直到死亡来临。这大概就是生活了。

这很有点神秘。就像诞生将注定死亡一样，生长之路也就是奔向死亡之路，人生的历程，就是那么一个生命死亡的历程。于是我便想到我的实在，我提笔写作也就注定了我会放下笔来什么也写不出来。 我多么害怕这一天的到来，而这一天注定要到来的。 那么我只好做做准备，到那一天我的笔不能再流出我生命的汁液，只流出化学的淡水之时，我就放下笔，专门养树。

  我养树实际上是在为我自己早早营造坟墓。 在我活着时收藏我的情感埋葬我的软弱，在我死后留下这个世界对我的回忆和我对这个世界的美好思念。

一九九一年十月

生存的？
存在的！

—— 张宇中篇小说"叙事"

何向阳

《乡村情感》写虽死犹生，《没有孤独》写虽生犹死，《枯树的诞生》写对意味的死的战胜，枯荣是一种站着的死，也是一种越过死的生。有形的、无形的、具体实在的死，虚假的、乌有的、看不见的死。存在，跨过一般的灵、肉冲突，而以共居精神内部的生、死一步步向他逼近。

　　抚案惊异。冷，果真是保护的伪装？在他设置的叙述方法的重重障碍里，我们还能找到一个作家以精神标准反观世俗人生并绝望又执拗地追寻某种超越价值的作为人的不懈努力吗？！他总是把疾首痛心掩盖在冷漠平常的语言叙述背后，藏着，虽言死亡、存在，却无实验派笔下的末世图景；张宇的主体性还表现在他对文坛狂热的语言颠覆、结构实验的不为所动，在形式与内容之间，他并不选择纯粹性，他深知单凭纯粹的形式无法企及意义的高峰，甚至连传达文学的本意都勉为其难，但他也不主张形式纯粹为内容服务以达到某种绝对的化解或中庸的兼容。他要求的是一种历史与现实与艺术、人生的融会，而真正的融会便不再能够捡出单纯的形式或内容,这种观念使得他在膨胀的形式实验热浪中警惕自己的被卷入、淹没,而在另一番具体模仿的写实流向里又为保存他极珍视的艺术挣脱而出。 对于写作,张宇是一个偏执的人。

设若1985年前后的张宇是被某种潮流裹挟推上文坛某种地位的话,那么,1988年以后的张宇则竭力逃避任何潮流,这不能不使他的作品在貌似跌落的表象中有内化的独语倾向,如《没有孤独》中夹杂的长篇议论,《枯树的诞生》中随意如笔记的漫谈,这种内化使他躲过了许多青年作家躲不过的狂潮,使他在咄咄逼人的"新就是一切"的势力面前还能保持相当的自信与老练,所以,当突起的狂飙衰微、新不免成了旧的时候,他的坦然便不是任何丢盔卸甲者所能享受和得到的。

艺术的独一无二性本质是反对任何潮流的,甚至以将自己被归入某种派别而感到羞辱,真正认识到这一层的人不多,张宇算是不多者中的一个。 张宇可以把叙述设计为多个层面,但绝非意在增添阅读的屏障、摆弄噱头。 他试图包好那个核心,但他拒斥曲径通幽。 他总是把他最想说的话包裹得很深,这就使得那隐匿在重叠的文字背后的真正悲悯与时下流行中的软弱、感伤,与将艺术当作麻醉的虚妄、欺骗划开了界限。

如何走出问题对视,走向哲学俯视,是他自己的小说所面临的问题。 幸而以后,张宇终于找到了"事实关系"与

"意义关系"的不同,从而使他的创作由《乡村情感》《没有孤独》开始选择与前两种关系相对应的"媒介语言层""思考语言层",可以看出,张宇小说前期在事实关系即媒介语言层内展开得多,噪哗、火气;近期作品则倾斜于意义关系,即思考语言层,力图发展潜台词中的隽永意蕴。这个过程,在张宇,并不是跳跃的,而是经历了一个相当长的时期。在大的方向上,他常能把握住一个脉络与流向,而在具体方案与事情上,却并不显得特别机灵。究其原因,还是因为他所渐渐意识到并感喟的那样,自己是一个夹在中间的人。

在通往巨著的路上,他有太多旁骛,这时常遮掩了远方真正的目标。而让人钦慕的是他的聪明,每次临到了迷失的时候,他都能抬起手臂挥去雾障。能够提供这一论点的论据便是那部《没有孤独》。完全冷峻的主题。但那种近乎禅境的入世方式和他对人生深得三昧的体察、了悟,更使他在超越与逃避之间,在独善与拯救之间,在入世与出世之间,逍遥不起来。张宇以此证明了他是一个彻底的理想主义者。他所承载的庄严、艰辛不时在他极现实的作品里刷上一层冷色。

理想还表现于对田园的复归倾向,《乡村情感》的第一句话是:

> 我是乡下放进城里来的一只风筝,飘来飘去已经二十年,线绳儿还系在老家的房梁上。

现实的失意使他愈加怀念故园，从而内心靠近温情主义，不自觉甚至下意识地寻求某种平衡，1990年前后的《乡村情感》题目取向便可说明这一点。

《乡村情感》作为张宇人格的投影，正如乡村作为张宇情感、血缘的空间投影，都不可能是单向度的。张宇的爱憎、批判与亲情使他清醒到能站在自己的外面看到自己的局限，然而却站不到这局限的外面。在《那牛群，那草庵》中，张宇说，我的家在豫西伏牛山里，那里有我的根，而在《乡村情感》中便很难再找到这种早期的单纯。张宇对他的局限看得很清楚，然而，无论他的自然血缘还是文明良心以及乡土经验、文化冲突所形成的孤立、隔膜与傲气都不允许他对这种情感有所背离。一方面是对"只有直接有赖于泥土的生活才会在一个地方生下根……才能在悠长的时间中，从容地去摸熟每个人的生活，像母亲对于她的儿子一般"的乡土的拳拳留恋，一方面是对温情脉脉的乡土文化竟包孕没落、残酷、腐朽等封建性因素的痛恨；一方面是对现实历史作为前进的无可挽回的陌生式人文关系扩散发展的认识；一方面是对"很多离开老家漂流到别地方去的并不能像种子落入土中一般长成新村落，他们只能在其他已经形成的社区中设法插进去"①的隐隐忧惧，理、情对峙，这是张宇乡土情结分裂

---

① 费孝通：《乡土中国》，第6页，三联书店，1986年版。

的实质。以致在《乡村情感》中呈现出情节发展与情绪表现的不平衡，结尾的匆匆收束某种程度上是作者对自己逃避的完成，再深一步地探询很可能导致张宇否定自己。在一片苛责的清算传统的"寻根"中，张宇不愿加入自己的批判，他守住自己，不发一言。守，本身就是一种局限，然而，为了一种血缘的情感，他宁愿如此，哪怕局限就是血缘，哪怕这种守带来更大的局限。

最能表现他乡土情结的怕是张宇对树根的热爱，他可以为买一棵好的树桩早晨不到天明便骑车跑到几十里开外的交易场，他可以为培育一个自己喜爱的盆景而不惜费时地施肥、剪枝、浇灌、看护，他小心的神情像对婴孩一样，令人想到一种创造，想到一种使世界诗意化的劳动的沉浸，想到热爱绘画的丘吉尔："……我不知道还有什么在不精疲力尽消耗体力的情况下比绘画更使人全神贯注的了。不管面临何等样的目前的烦恼和未来的威胁，一旦画面开始展开，大脑屏幕上便没有它们的立足之地了。它们退隐到阴影黑暗中去了。人的全部注意力都集中到了工作上面。"（丘吉尔《我与绘画的缘分》）寄托于树根与寄托于山水一样，是他"乡土情结"的肯定发展。但即使在这得鱼忘筌式的热爱里也藏有深刻的矛盾，将根扎在土地里，而做盆景的根却在不断扭曲，断线的风筝是无根的，盆景里的根又失去了它原有的土地，张宇面对一棵树时，很难说他面对的不是自己。那些扭曲却还在挣扎上升的树根，是否就是他性格的旗帜，是他的心灵那不断受伤的部分？是否正代表着一个外观上节节胜利、命运如此娇宠，而内心却已疤痕累累的人呢？《枯树的诞生》同样写扭曲、磨砺。张宇一直想把自己对树根的爱好对象化、物化，可是审美中主体的感受浸润使他无法无动于衷地面对自己。我时常想，为什么张宇对"养树"题材这样抓住不放，乐此不疲，原因即在于张宇自己被卡在了这里；而依他的个性，当未经解决的矛盾困扰折磨他时，他本能要紧紧咬住，而不会轻易放弃。

《枯树的诞生》表层，他极力要接受城市的生活方式、生活节奏和生活实质；内里，却极力抗拒这种接受，抗拒这种被城市容纳、消化和自己同化后的消逝。意识层的趋近，情感层的偏离甚至逃离，理智上要接受城市，情感上则背离城市，这种矛盾并不仅仅限于对城乡的态度差异，这似乎已奠定了张宇性格的悲剧性。所以，在张宇"乡土情结"较浓的篇什里，他始终没有放弃对自我的寻找，"还乡意识"，是他自己找自己的一种方式。而在寻找过程中，他时时感到浮士德式的分裂，"我"把"我"丢失在了哪里？

对乡村的回忆，使他选择了一条非但不能逃避反而是充满悖论的道路。在这里，他找到了与现实不同维的参照度，但时间的介入不仅为他带来安慰，同时也为他迎战人生打下更深的基础。福尔斯曾说："您甚至并不认为您自己的过去是完全真实的，您将它装扮起来，您为它镀金，或将它抹黑，您欲言又止，掺假乱真……一句话，您将它虚构化，然后搁置上架——这就成了您这本书,一本充满罗曼司的您的自传。我们都在逃避那真正的真实。这就是智人的基本定义。"(《法国中尉的女人》)庄子的解脱法是,"把人的存在的时间性消融到川流不息、变化无穷、无始无终的壮观的时间之流中,把人的生死残全融会到一种具有必然性、宿命性的自然律动里,把自我融入生生不息的宇宙生命中去分享其中的永恒和宁静",其结果,"时间=无时间性=无生死=没有分别的'圣一',存在与非存在并置而予以抵消,人的存在的短暂性的识别因与时间总汇的无限性并置而导致泯灭,充满欢乐和痛苦的生的丰富性因与死的一致性并置而给予否定"。① 在西方意识的时间里,在中国儒道过渡的精神流程里,张宇获得了暂时的休憩,但是果真逃避并解脱了自己么? 回忆的微醺,使张宇在"乡土情结"作品中一直追求庄子"独与天地精神往来"的逍遥于世、无为有为的道家境界,但又终因他不忍不舍的道德精神与责任心而无法企及。他钦慕庄子世俗之累摆脱之后的逍遥适己,他赞赏陶潜归田后"静念园林好,人间良可辞"的心远地偏的悠闲旷远,甚至,"少无适俗韵,性本爱丘山。误落尘网中,一去三十年"的感慨也与张宇此时此地的心境有着惊人的相近。然而,张宇也分裂成为两部分:一个庆幸自己"久在樊笼里,

---

① 刘绍瑾:《庄子与中国美学》,第248页,广东人民出版社,1989年版。

复得返自然",并通过养树真的做到了"长吟掩柴门,聊为陇亩民";另一个则摆脱不开"少时壮且厉,抚剑独行游","猛志逸四海,骞翮思远翥"的理想纠缠。

对父亲或祖辈(文化象征)的感情,是张宇"乡土情结"的重要组成部分。《乡村情感》中对父辈情感的难以割舍,张宇创作的确在培养一种性情,一种"依乎天理,因其固然"的对审美的超实用性、艺术的非功利性的追求可视为他对纯朴心境的恢复,《枯树的诞生》是这种"心斋"的过程。在回到过去的背后,包含着他对人与自然和谐合一的程序的肯定,包含着对未遭异化、富有生命活力的诗意的肯定。这种肯定是矛盾的,《枯树的诞生》里的张宇极力想抛开虚假文人俯拾皆是的令人窒息的圈子(城市的象征物),找到与自己品性相近的一群,如养树根的未失质朴天真的工人们(乡土意象),但又由于思想文化的障碍而不能真正走近,成为他们中无隙的一员。他觉得找到了一种集合,姿态上也力图扎根,但又是一种过路的心态。写市井、玩盆景,艰涩的寓言包裹在游戏的形式与散漫的文笔中,吃力显出出世的不纯,和凡俗不能脱离,而找到的群体所具备的单纯天真则是张宇的心理指向:他们的自由、随意、友爱的生活使他长期在旋涡中颠簸的心灵得到抚慰;更深的意义是,他们对平常生活外另一番天地——养树的倾注,与张宇倾注写作——精神生活的心态相吻合,而写树被砍后扭曲又坚韧的成长又与自身屡经挫伤却又冷硬的性格合上了拍。正因为张宇将这错综复杂的情感微妙而不自觉地糅合在一起，却又在凡常中寻求超越，在冲突中寻求统一，所以，他自以为投入，而实际一直未把自己真正放进去，清傲、不甘的背后，则是更深的孤独。作品带出了能走出（逃离城市）不能走进（回归乡土）的苍凉，进不去、回不来的尴尬又为张宇作品投上一层老年的沧桑。此时，张宇已看出自己心造的这一寓所的虚伪性——正是它，影响了张宇创作本应有的恢宏气度。所以张宇力图清除字面上的感伤性和堆砌铺张，与一种肤面的技巧，力图抓住文字后面的容易被人放过与忽略的生命，做到洁净、干脆，这种语言追求正是张宇追求的由简单到复杂、再由复杂到简单的心境流露。这使得张宇的《枯树的诞生》超越了"乡土情结"而具有普遍的存在意味，"我养树实际上是在为我自己早早营造坟墓"。

人类物质文明、理性精神的发展，与人的"天放""素朴"之心，直观感悟二律背反的结果，使不断有人主张的"回归"之声汇成了人道主义强劲的合唱。张宇的自个人体验出发的"回归"与这股潮流不期而遇，从本质上讲，张宇对农业文明与自然生活方式的态度是双重的，在一方面化解痛苦、一方面又生长痛苦的土地上，张宇的"乡土情结"最终无可置放，这种困境，是我们与张宇一样或迟或早要遇到的，这是人类文明状态里生命必然承受的一个永恒悖论。

在对故事即生活本身的判断里，人们宁愿对更深的意义视而不见。这种现象本身流露出人类对存在追问的避讳，这怯弱、短视恰恰反衬出张宇的雄辩与天真,那种九死不悔的执着当然使他祛除了蒙在生活表面的一层虚幻的、哪怕是意念中的暖色,张宇的冷毅使他最终必然走出消耗自身才华的"桃花源"式的梦境。

所以有《没有孤独》。

鲁杰堪称文学史的"这一个"。张宇以精神分析概括出人的命运以及与命运起伏、跌宕相映衬的历史,手术解剖样的冷叙述直剥真实的残酷性。张宇第一次这样集中写人的失败,写大潮裹挟中人无可抗违的宿命和"运动"当中人力量的渺小与无奈;张宇第一次把时间切割开来,把鲁杰的一生分为几大段落,以冷写冷,以冷漠写冷酷,以无情写无情,张宇碾碎一切的冷冷的真实,足以与岁月那副冷静的面容对垒,这种冷酷的写法确实可以看成对生死置之度外的超越——如果说张宇一直在写人的生存状态,而《没有孤独》则第一次写人的存在,写对存在的况味。

鲁杰一生都在追求超越平庸,从乡间的求知心到留学的报国志,从三十岁的监狱到七十岁的研究院,他一直在挣脱未能挣脱的圈索,历史的逆流、失误可以挽回,而鲁杰的一生只能是三十年后在郊外踱步"站在自己的躯壳旁边"所悟到的虚无的胜利:"于是鲁杰浑浑感到,他这一生不可能对科学有所贡献有所建树了,他甚至觉得什么都没有了,只剩下了他对科学的纯粹的态度。他对科学研究的态度,最终成为他一生科学研究的成果集成。从这里,我们终于发现,支撑鲁杰一生的命运大厦只有一根巨柱，那就是他对于科学研究的纯粹的态度。他为之奋斗一生的全部精神的物质的财富，也只有他对于科学研究的纯粹态度。"惨烈、凄惶的人生，透着真实的可怕、可怖。鲁杰进一步体悟："这就是别人说的鲁杰了，我在这里边曾经生活过七十五年。他望着这躯壳，像看着一座破旧的草屋或一辆破旧的汽车壳子，这才使他明白过来，人们几十年都把这老头儿叫自己，现在看它不过是自己的外壳。"这种"哲学评论"的引入使人步步陷入人对自身的追询，这追询的残酷性是对人存在实质的剥离，然而张宇还不罢休，又引入"外壳行为""灵魂行为"加以穷究：

在漫长的人生旅途中,经常发生这样的现象,有时候外壳拖着灵魂行走,有时候灵魂冲动着外壳运转。在外壳主宰着这个单位时,行为是平庸的,在灵魂主宰着这个单位时,行为就发生杰出的表现。平庸的人生就是外壳行动,杰出的人生就是灵魂的运转了。原来人生是从这里来区别质量的……从此,他要开始最伟大的科学研究,那就是生命能源的研究。这个研究从探索生命的外壳和灵魂的关系开始,到任意更换或选择生命的外壳而告一阶段。通过这第一阶段的研究……可以叫作生命的外壳学……

鲁杰终于以传统的精神胜利超越了现实的悲剧人生，而这种所谓超越使他再度沦为非存在的生存状态，使他以存在陷入的孤独这种生存方式取得了与世人一致的、化解任何忧患的、没有孤独的众人皆醉境地。鲁杰的醉是半醒着的，鲁杰的醒只在他的头脑设计里，这就是这段文字后面渗出的血，所以，"鲁杰死了/我们这么说"，一种意味上的存在的死亡被写得淋漓尽致。结尾的钢琴声中，一面是岁月、时光奔涌的流畅、无情，一面是对生命存在的貌似漠然后藏有的难抑的激愤与平静，激愤的形式与内容都流为漠然。张宇的精神分析是与事件并行的，这种叙述为他的作品增添了厚度，这是一次灵魂解构的尝试。但与"以零度感情介入"的"还原生活"的新写实主义、自然主义以及新小说派不同，张宇貌似旁观的冷叙述中含有明确的意识选择性与情感倾向，所以，在对人物、事件、时间的不断解构中，他不惜插入大段大段的议论，以小说创作之大忌的作者介入来构成参照，并在鲁杰（人物）、"我"（叙述者）外加入中性评判者，使作品的空间充满弹性，将恒温的事件经叙述者"冷冻处理"后再以评判"加温""速冻"。在此张宇第一次将反讽、佯谬的手法用到极致，以之写存在与生存的悖谬，"既是怀疑自我的结果，又是消解自我的有效手段"的反讽，与人物主观雄心不成而客观上一步步向随遇而安演变的过程取得了惊人的对应，从作为艺术感与科学精神的结合并体现为否定性的创造力的反讽中，可以看出它将生存及环境诗化的原则。 从中我们还可以看到年代已远但已作为骨髓被承继下来的作为知识分子精神传统之一的魏晋风度的潜影,其遗世独立、追寻精神超迈的实质确实与鲁杰持有的"纯粹的科学态度"有着惊人的相似性,悲剧是深刻的,孤独不可避免。

张宇擅以冷静、肃穆、具有浓厚抽象色彩的数学眼光看待世界,普遍与永恒、框架与内核、心灵与现象的进入又使整部《没有孤独》具有很强的象征性,它的风格,在他许多过于实在具象的小说中,显然是别具一格的一例。 张宇对创作语言的理解的形成是与理论界的"语言热"同时的,他说:"那种把语言仅仅作为一种工具来使用的人,是可怕的。在使用的同时也在消灭和隔离着自己。"①所以他引进"具有灵性、直接沟通心灵"、闪烁"生命之光"的语码概念以区别于语言:"只要这种语码一启动,就赶起了我思维的疯狗,到处奔跑着咬叫着,没有了束缚和秩序,写作时就变成了一种宣泄,不再是一种吐咯的难受。"②这最后一句无意透出了张宇创作观念的更变,其越过法则与禁忌之上的蔑视并自信的态度,比起先锋派对作者议论介入拒斥而未能全部自由开合的创作观念来,张宇更具有先锋派所不及的思维先锋性。以理性写非理性,不仅需要与非理性的历史现实抗拒的勇敢,更需要与时代文坛理性受排挤的氛围作战,张宇再次把

---

① 张宇:《语码寻找》,载《中篇小说选刊》1991年第4期。
② 张宇:《语码寻找》,载《中篇小说选刊》1991年第4期。

自己置身于两军对垒中间："不是走向生命的最终拯救,与外部客体的理性认知,而是趋向生命现世的有限而持续的超越,与内部人格心性的锤炼。"张宇对自己的锤炼近乎严苛,他似乎在加码似的考验他自己对苦难的承受力,所以,无论是冷静的分析,还是严谨的推断,都无法掩饰他对悲剧的兴趣,和这兴趣后隐藏得很深的一种失望与悲观。以理性写非理性,是与悲剧分不开的,悲剧又与存在共在。生存与存在的分界,对张宇来讲是艰辛的跋涉,生存所考虑的只是物质层面的,包括扩大了的物质、方式与手段,诸如职、势、权、名等,存在则属于精神领域,是目的、意义的追问,诸如精、神、血、气等。

由写生存到写存在,是张宇创作的一次跃进;而带给文学的,则是一种更高价值的探询。二者都围绕悲剧展开,存在的实质要求人生解除"倒置"的痛苦,去掉物役的惶惑,不争逐名利,不陷入世俗观念,达到精神系于天然的境界,追求人与外界、人与主观精神的和谐。由此看来,"乡土"是由生存到存在的必经之路。然而张宇并不囿于田园,他进一步体验人生,标志他创作深化、成熟的《没有孤独》建立起的痛感意识,使他笔下的悲剧带有浓烈的正剧气息。"那些丢弃了常规生活,心怀悲壮,体验到人生、生命、存在的真谛,向着更阔大的意境升腾的人和事,那种不安、困惑、愤慨、超脱、孤独、凌驾于世俗生活之上的感情",深深地烙进他的体验里,这种体验的刻骨铭心给他提供了一种悲剧的眼光，他确实做到了将人看作寻根究底的探索者，赤裸裸，无依无靠，孤零零，面对着他自己天性中和来自外界的各种神秘的和恶魔的势力，还面对着受难和死亡这些无可回避的事实。

中国文学中悲剧的选择似乎一直是内容、题材的选择，悲剧的文学等同于悲剧的现实，而西方却愈来愈多地从最平常的现实中发现了可供文学咀嚼的悲剧性，现实与悲剧在题材上并无多少对应关系，尤其是在现代派那里，现实的悲剧因素被肢解甚至被含糊过去，而只留一些残片散落，以此透视悲剧的可能性存在。在文化的大框架中，张宇又一次超越了自己的文化，他不制造悲剧气氛，却在悲剧事实中写出悲剧性来，他甚至以淡化现实的悲剧来强调意义的悲剧性，而在他追问意义时又从不放弃生活本身。他内心隐约的理想冲动与世俗意识冲突的悲剧性，使他能够达到这样的认识深度：金钱与利己主义的冰水同样陷人于可耻的奴隶状态，解剖自己，一点一滴地涤除自己身上的奴性，"在自己和周围人身上发现某种使他憎恨的东西……在描写其他人，描写众多的各种各样的人物同时，就在他们身上发现了他本人，自己亲朋和熟人身上的那种引起他憎恨的东西"[1]，他以创作贯彻建构自身的目的。这种对眼中之竹的对象发现到对胸中之

---

[1] 《当代苏联作家谈创作》，第191—192页，北京大学出版社，1982年版。

竹的自我发现，是伴随着解剖自己展开的。古今中外，披露自己心底奥秘的作家也许不少，但真正做到"披肝沥胆"，一生剖析自己、检阅自己，又一生守定自己，即使众说纷纭、即使倍遭冷遇，也不媚俗、屈从、放弃和降低做人标准的作家又有几人？读张宇这几部作品，使人不断想起卢卡契对陀思妥耶夫斯基的评论："他创造了人物，通过这些人物的命运和内心生活，他们和其他人物的冲突和相互使用，他们所吸引和所排斥的是什么人物和思想，使得这个时代的问题和整个深度显露出来，而且比一般生活本身所揭示的来得更早、更深、更广泛。"[①]张宇越来越把人物引向灵魂深处，以"地下状态"的心理探索，完成一个人人格成长所必要的较量以及对人的存在的揭示。《没有孤独》达到了当代文学难以达到的深度，张宇敏锐的感受力与深刻的洞察力以及由此而来的深重的悲剧感、矛盾性与认识的清醒夹杂在一起，也得到了最充分的显露。然而，他并不满足于仅仅把悲剧归于带有偶然性的个人之间的矛盾冲突和个人的悲惨遭遇，而力图寻找这些个人背后的更深刻的、带有普遍性的力量。这种寻找，使《没有孤独》里的时间不再是指向未来的一维性序列，而成为一个不断回到出发点的圆圈，由断裂破碎、凝固不动的片羽组成的这个圆圈，使鲁杰的一生笼罩在历史悲剧

---

① 《卢卡契文学论文集》，第341页，中国社会科学出版社，1981年版。

式的循环里。我把"我"遗失在了哪里,我便要从哪里捡起。

创作《没有孤独》后,张宇曾谈起他写作时愈来愈感到恐惧,因为这是在解剖、剥离甚至"出卖"自己。这种一切真正全心投入创作的作家都曾表述过的经历,对于张宇而言不是畏缩,而是如何不断地保持它又战胜它,战胜它又持有它,未来人格锤炼的任务依然艰巨。

荣格说过:"艺术家不是拥有自由意志、寻找实现其个人目的的人,而是一个允许艺术通过他实现艺术目的的人。"[①]真正的文学是排斥消遣的,因为写作完全是用作表现心情的手段,用对自身性格、人格强度、硬性的考验并展示一颗倔强灵魂在糙粝的生活中打磨出的许多不规则的毛边;艺术的生命注入性是不怕剖白自己面对稿纸的神圣性的,是即便一生很保守地使用旧的手法也能突破僵化而保有创作的活力与激情的。

弗拉基米尔·普洛普曾在分析俄罗斯一百个民间故事后得出一个制约纷繁离奇、变化无序的故事的恒定不易的结构——"追寻"。主人公总在寻找,在寻找中接受考验,克服困难,终于找到他要找的东西。普洛普的形态分析为我们看世界文学的主题旨向打开一个通道,浮士德寻找"美的瞬间",唐僧师徒寻找"经文",泰戈尔寻找他"精神的影

---

① 荣格:《心理学与文学》,第141页,三联书店,1987年版。

子"，托尔斯泰在苦难与磨砺中寻找爱与纯真……寻找的主题同样回响在张宇每个阶段的作品变调中。创作的意义就是追问人生的意义。这种与人生结合的艺术观使他摆脱了长期在温和、求实的生活态度与对绝对价值回避之间企求统一的尴尬状态，达到在精神世界中反观世俗，对超越性的精神价值的绝望寻求主题的确认。尽管在他思想内部，一种沉思的、优雅的成分同一种不安分的、嘲讽的倾向纠缠不休，但他不停滞在此而以寻找来不断修正、克服，以求取人格与创作的共同成长，以对象发现来达到自我发现、自我完善，正如歌德所言，人每发现一个新的事物，就意味着在自我中诞生了一个新的器官。

一个作家正是这样无所畏惧地凭着寻找靠近他的理想的，他的理想不是空幻的乌托邦的诗情画意，而是万物寓于心中的那个永恒上升的终极真实。在物质时代里，敢于否定，敢于在否定中肯定他心目中拼命维护的"是"的作品是可贵的①。因此这里以《没有孤独》为代表的三部中篇，存放着张宇对于自我和人性的写作初心。

---

① 此文为《张宇论》一文的简缩。原文写于 1992 年。

图书在版编目(CIP)数据

没有孤独/张宇著;何向阳主编. --郑州:河南文艺出版社,2024.6

(百年中篇小说名家经典/何向阳总主编)

ISBN 978-7-5559-0949-1

Ⅰ.①没… Ⅱ.①张…②何… Ⅲ.①中篇小说-小说集-中国-当代 Ⅳ.①I247.5

中国版本图书馆 CIP 数据核字(2020)第 029795 号

丛书策划	陈 杰 杨彦玲	责任校对	丁淑芳
本书策划	李亚楠	责任印制	陈少强
责任编辑	李亚楠		
丛书统筹	王 宁	书籍设计	书籍/设计/工坊 刘运来工作室

没有孤独
MEIYOU GUDU

出版发行	河南文艺出版社
本社地址	郑州市郑东新区祥盛街 27 号 C 座 5 楼
承印单位	河南瑞之光印刷股份有限公司
经销单位	新华书店
开 本	787 毫米×1092 毫米 1/32
印 张	7.875
字 数	145 000
版 次	2024 年 6 月第 1 版
印 次	2024 年 6 月第 1 次印刷
定 价	42.00 元

版权所有 盗版必究

图书如有印装错误,请寄回印厂调换。

印厂地址 河南省武陟县产业集聚区东区(詹店镇)泰安路

邮政编码 454950 电话 0371-63956290